Langenscheidt

Heart of Glass – Herz aus Glas

von Petra A. Baue

Langenscheidt

Berlin · München · Wien · Zürich · New York

Lektorat: Barbara Müller
Englischsprachiges Lektorat: Charlotte Collins
Coverzeichnung: Kirill Chudinskiy

www.langenscheidt.de

Umwelthinweis: gedruckt auf chlorfrei gebleichtem Papier

Satz: Franzis print & media GmbH, München
Druck: Mercedes-Druck GmbH, Berlin
Printed in Germany

ISBN: 978-3-468-20487-6

1. 2. 3. 4. 5. * 12 11 10 09

Für alle verliebten Mädchen
und für Nico, meinen Ältesten.

HAPPY FEELINGS

Something's in the air. I can feel it. It's not just because it's spring. I'm not sure what it is, but I'll find out soon.
Time for school now. Ärgs. Don't know what 'Ärgs' is in English. Must ask N.

to post
hier: ins Internet stellen; posten
comment
Kommentar

Posted *by* ***ButterflyHeart*** *March 23rd* *7.18 a.m.*
0 Comments

Endlich!

"Mist, ich lerne das nie!" Ich ließ meine Stirn zum Ertönen der Pausenklingel voll übertrieben auf den Schultisch knallen.

"Tu nicht so, als wärest du die Erste, die Schwierigkeiten mit der englischen Grammatik hat, Britt!" Nina Clark war zwar meine Freundin, aber sie konnte ziemlich streng sein, vor allem, wenn es um ihr Lieblingsfach Englisch ging.

Ich nahm den Kopf wieder hoch und sah Nina beleidigt an. "Du hast gut reden – bei deiner Abstammung!" Ninas Vater ist Amerikaner, und so ist Nina zweisprachig aufgewachsen. Aber sie ließ das nicht gelten.

"Stop making excuses! Your English is no better than last summer, before you came with us to San Francisco!"

Ronan Clark ist nicht nur Amerikaner, sondern auch Professor für Städteplanung. Er war im Sommer zuvor im Rahmen einer wissenschaftlichen Zusammenarbeit mit der University of California in Berkeley für einige Wochen nach San Francisco gereist. Seine Familie war mitgekommen, um dort Urlaub zu machen. Irgendwie hatten wir es gemeinsam geschafft, meine überaus skeptischen Eltern zu überreden, dass ich ebenfalls mitfliegen durfte. Immer unter der Voraussetzung, dass ich die ganze Zeit über englisch redete und ein englisches Reisetagebuch führte.

"Ich kenne ja jetzt auch viele neue Vokabeln, aber mei-

ne Grammatik ist davon nicht besser geworden! Futur II, was für ein Quatsch, das braucht man doch nie."
"Wieso? Hast du Chris nie gemailt: *I will have kissed you*?"
"Nee, wozu? *I will kiss you* oder *I want to kiss you*, aber wen interessiert denn, ob ich ihn geküsst haben *werde*?" Ich machte eine kleine Pause und sah verträumt an die Tafel, an die ein paar Jungs aus unserer Klasse gerade schweinische Sätze schrieben. "Mich interessiert viel mehr, wann ich ihn überhaupt endlich wieder küssen werde."
"Wollte er nicht jetzt im Frühling zu Dreharbeiten nach Berlin kommen?" Nina fragte so, als ob ich sie nicht immer über die neuesten E-Mails von Chris aus San Francisco informieren würde. Chris und ich hatten uns während meines USA-Aufenthalts unsterblich verliebt, obwohl ich es ja eigentlich auf Nicholas Stevenson abgesehen hatte, der ebenfalls in San Francisco lebt. Er ist ein bekannter amerikanischer Schauspieler und ich kannte ihn vorwiegend aus der BRAVO. Letztlich hatte er sich jedoch als arroganter und mieser Kerl entpuppt. Chris war zur Stelle gewesen, um mich zu retten.
Ich seufzte tief. "Hoffentlich ist es bald so weit. Ich habe schon Angst, dass ich ihn nicht wiedererkenne."
Ich hatte keine Zeit länger darüber nachzudenken, weil Frau Schaaf, unsere Biolehrerin, die Klasse betrat, und die war nicht gerade bekannt dafür, besonders verständnisvoll zu sein, wenn jemand trödelte.

Meine erste Amtshandlung, als ich endlich zu Hause war, bestand darin, den Computer hochzufahren. Ich checkte jeden Tag mehrmals meine Mails, um zu sehen, ob Chris geschrieben hatte. In letzter Zeit kam das nicht mehr so häufig vor; vermutlich war er sehr beschäftigt. Auch Chris ist Schauspieler, wenn auch nicht so bekannt wie Nicholas Stevenson, aber er arbeitet daran.

Ich öffnete mein Mailprogramm. Im ersten Betreff bot man mir eine Potenzpille an, in der zweiten Mail wollte man mich mit günstigen Krediten locken. Ich hasse diese Spam-Mails!

Aber direkt darunter sah ich einen Absender, den ich gut kannte: chris.mallory@aol.com. Und im Betreff stand: "Surprise!"

Rasch öffnete ich die Mail.

Hello, Britti darling,

I hope you're doing fine! Sorry I ***have****n't* ***written*** *to you for* ***such*** *a long time, but I've been very busy. If you could watch American TV, you'd see my face on CBS every day. I'm in a* ***commercial*** *for a special* ***body lotion*** *– half* ***naked****, baby! But don't worry, I only love you; all the other girls are just for sex.*

Ich muss ein dämliches Gesicht gemacht haben, las aber schnell weiter.

Just kidding*,* ***sweetheart****! I'm* ***completely faithful*** *to you, you know that.*

to write (wrote, written)
schreiben

such
so

commercial
Werbespot

body lotion
Körperlotion

naked
nackt

Just kidding.
Ist nur Spaß.

sweetheart
Schatz

completely
hier: absolut

faithful
treu

How are you doing? Do you miss me? I miss you very much – but guess what … I'm coming to Berlin! It's for that film I told you about when we met in San Francisco. We start ***shooting*** *on April 3rd, and I arrive two days before. Isn't that great?*
I can't wait *to see your lovely smile.*

Billions *of kisses*
Chris

Meinen Schrei hörte man vermutlich bis auf die Straße. "Alles in Ordnung, Britt?" Meine Mutter klang ziemlich besorgt.

to shoot (shot, shot)
hier: filmen
I can't wait.
Ich kann es kaum erwarten.
billion
Milliarde

Ich flitzte direkt hinunter in die Küche und knuddelte sie. "Rate, was passiert ist!"
"Du hast in der Englischarbeit eine Eins." Mama war noch nie gut im Raten.
"Die schreiben wir doch erst noch. Außerdem würde ich dann nicht so jubeln. So wichtig ist das auch wieder nicht."
"Na na." Mama versuchte streng zu schauen, aber ich nahm ihr das nicht ab. Ich hatte vor kurzem durch Zufall ihre alten Zeugnisse gesehen und wusste deshalb, dass sie es mit der Schule auch nicht immer so genau genommen hatte.
"Es ist viiiiiel besser: Chris kommt endlich nach Berlin!"
"Na, das wurde wohl Zeit, richtig?" Mama wusste ja, dass er irgendwann kommen würde. Oft genug hatte

ich davon erzählt. “Ich freu mich so für dich. Wann soll es denn so weit sein?”
“Anfang April. Leider ist da ja Schule und ich habe nicht so viel Zeit für ihn.”
“Ach, er kommt doch auch zum Arbeiten her. Irgendwann werdet ihr euch schon sehen können.”
“Dafür werde ich sorgen.”
“Hey, aber nicht Schule schwänzen, klar?”
“Das würde ich doch niiiiiee tun, das weißt du doch.”
Ich kicherte und entwischte aus der Küche, bevor Mama den Wischlappen nach mir werfen konnte.
Und dann lief ich sofort zu Nina hinüber, allen Hausaufgaben zum Trotz.

hurrah
hurra
reader
Leser(in)
it's something to do with
es hat mit … zu tun

HIP, HIP, HURRAH!
Dear **readers**, didn't I tell you there was something in the air? I was right! It's the BIG THING! **It's something to do with** LOOOVE …
C. is finally going to visit me! He's coming all the way from San Francisco to Berlin! I could hug the whole world! This is my biggest dream come true!
☺ __ __ __ __ ☺

Posted by ***ButterflyHeart*** *March 23rd* *3.52 p.m.*
0 Comments

Püppchenalarm!

Über Chris' E-Mail hatte ich ganz vergessen, dass in Bio ein Test anstand und ich noch hätte lernen müssen. Mir fiel es siedendheiß am nächsten Morgen ein, als ich auf dem Klo saß. Ich konnte gerade noch einen halben Blick in den Bio-Hefter werfen, bevor ich zur Schule musste. Und meine furchtbare Schrift trug nicht gerade dazu bei, dass ich viel von dem begriff, was dort stand.

Ausgerechnet Bio! Damit stand ich auf Kriegsfuß. Oder, wenn ich ehrlich bin: Ich stand mit Frau Schaaf auf Kriegsfuß. Sie konnte mich nicht ausstehen. Ich wusste nicht weshalb, und während die meisten Schüler sie mochten und liebevoll "Schäfchen" nannten, zeichnete ich während der Biostunden Karikaturen von fetten, hässlichen Schafen, denen ich Frau Schaafs Gesichtszüge verpasste. Daneben schrieb ich: *Keinen Bock auf blöde Hammel.*

Entsprechend wenig begeistert quetschte ich mich auf meinen Platz neben Nina, die ausnahmsweise früher dran gewesen war, weil ich ja noch in den Bio-Hefter geschielt hatte. "Kannst du Bio?"

"Na ja, einigermaßen. So schwierig ist das mit den Zellen ja nicht."

Oje. Ich erinnerte mich ja schon kaum an das Thema, geschweige denn an den Inhalt. Das konnte ja heiter werden.

Als Frau Schaaf die Klasse betrat, folgte ihr ein Mädchen. Was sage ich – Mädchen? Sexbombe wäre der treffendere Ausdruck. Sollte es sich um eine neue Referendarin handeln? Den Jungs fiel die Kinnlade bis auf die Brust.

"Girls and boys, this is Deborah Wilcox. Deborah's from Chicago, and she's going to be joining your class for the next six months."

Seit wann konnte die Hammel denn Englisch? Und wieso sprach sie nicht deutsch, wenn die aufgetakelte Tussi da sowieso für ein halbes Jahr in unserer Klasse hocken würde? Wir würden ja wohl kaum den gesamten Unterricht ihretwegen in Englisch abhalten. Und überhaupt? Wie alt war diese Barbiepuppe eigentlich? Der einzig freie Platz in unserer Klasse war neben Olli – und der saß nicht umsonst alleine. Aber irgendwo musste die Hammel das Püppchen ja hinsetzen.

"Deborah, would you please take a seat over there?"

Barbie warf ihre langen blonden Haare affektiert über die rechte Schulter zurück und stöckelte auf den ihr zugewiesenen Platz zu. Sie schenkte Olli ein einstudiertes Lächeln, bevor sie sich setzte, und dieser rutschte albern fast vom Stuhl, machte "Oooooh!" zu seinen Kumpels und schüttelte seine rechte Hand, als hätte er sich verbrannt. Den Rest der Zeit verbrachte er damit, ihr von der Seite auf den beachtlichen Busen zu starren.

Ich war ja bei der Hammel sonst nie aufmerksam, aber sie hatte etwas zu sagen, das den Weg automatisch in mein Ohr fand.

"Wir wollen unsere neue Schülerin nicht mit einer Lernzielkontrolle langweilen. Zeigen wir ihr lieber, was wir

alles schon gelernt haben, damit sie weiß, wie der Stand der Dinge bei uns ist."
Ich wollte gerade aufatmen, als ich meinen Namen hörte: "Britt, erkläre Deborah doch bitte, was wir in der letzten Stunde durchgenommen haben."
Peinliche Pause.
"Da hab ich gefehlt." Zumindest ist nur mein Körper anwesend gewesen.
"Aber da du dich sicher perfekt auf die Lernzielkontrolle vorbereitet hast, kannst du ja einfach sagen, was in letzter Zeit überhaupt dran war."
Mein Kopf war so hohl wie ein Halloweenkürbis. Ich musste einfach drauf kommen. Nina hatte doch vorhin etwas gesagt. Es war irgendetwas mit ...
"Zellen!", rief ich erleichtert aus.
"Und? Ist noch irgendetwas in deinen grauen Zellen, was du dazu beisteuern könntest?"
"Ftosntese", zischte Nina mit unbewegten Lippen zu mir herüber. Trotzdem dauerte es einen Moment, bis der Groschen bei mir endlich fiel.
"Fotosynthese!"
"Lass dir doch nicht alles aus der Nase ziehen. What's the meaning of photosynthesis?" Die Hammel war deutlich genervt.
Ich fragte mich, wie ich aus der Nummer wieder raus kommen sollte, als es an der Tür klopfte und unser Direx eintrat. Herr Ortmüller wollte sich die Gelegenheit nicht nehmen lassen, Barbie höchstpersönlich in ihrer neuen Klasse willkommen zu heißen.
Damit war ich aus dem Schneider. Nina zischte mir zwar noch einige Fakten zu, aber nach der Unterbrechung

hatte die Hammel mich offenbar vergessen. Stattdessen forderte sie die Neue auf, ein wenig vom Biounterricht in Amerika zu erzählen. Das hätte sie eigentlich gleich machen können, anstatt mich zu quälen.
Dabei zeigte sich, dass das Mädel zwar optisch was hermachte, aber kein Wort Deutsch konnte. Oder vielleicht wollte sie auch nicht. Sie schien ein wenig zu verstehen, redete ansonsten aber nur Kaugummiamerikanisch. Als einer der Jungs sie fragte, ob sie Sexualkunde in Bio hätten, antwortete sie gespreizt: "We don't talk about things like that at school!"
"Right – we do them at home instead", vollendete Nina wispernd den Satz und kicherte.
Barbie hatte sie offenbar gehört und sah zu uns herüber, mit einem Blick, den ich nicht deuten konnte. Irgendwas zwischen Abneigung und Belustigung.
Als die Stunde sich dem Ende zuneigte, ermahnte uns die Hammel noch einmal: "Please help Deborah to **get used to** being here. Be kind, won't you – remember, it's not always easy being so far away from home."
Barbie schaute arrogant in den Raum und sah kein bisschen nach Heimweh aus. Ich verspürte überhaupt keine Lust, ihr bei der Eingewöhnung zu helfen, aber Nina war einfach zu neugierig.
In der großen Pause ging sie zu ihr, und ich dackelte hinterher.

to get used to sth sich an etw gewöhnen

"Hi, I'm Nina. Welcome to Berlin!"
"Thanks." Barbie sah uns von oben herab an und zog eine Schachtel Zigaretten aus der Jackentasche.
"We're not allowed to smoke in the playground!", ermahnte ich sie.

"Oh, really?"
So deutlich hatte mir noch nie jemand gezeigt, dass man auf meinen Kommentar keinen Wert legte. Sie zündete sich die Zigarette an, inhalierte tief und blies dann den Qualm in meine Richtung.
Was für eine abscheuliche Zicke!
Ich zog Nina am Ärmel, weil ich verschwinden wollte, aber Nina redete weiter auf sie ein. Nach und nach gesellten sich noch andere Mädchen hinzu.
"Hat ihr noch niemand gesagt, dass man hier nicht rauchen darf? Ich denke die Amis sind so streng mit so was? Kein Alkohol unter einundzwanzig, Rauchen möglichst nur im Klo mit geschlossenem Deckel und so."
"Tja, Patty, Madame ist offenbar etwas Besonderes. Sie interessiert sich nicht für das, was wir sagen."
Patricia verzog genervt die Mundwinkel. Wir verstanden uns recht gut, obwohl Nina meine beste Freundin war. Aber in diesem Fall fühlte ich mich Patty näher als Nina, die unaufhörlich blöden Smalltalk mit Barbie betrieb und überhaupt nicht zu merken schien, dass dieses Püppchen weiterhin so gelangweilt tat, als würde man ihr das Telefonbuch von Tokio vorlesen. Entsprechend einseitig war die Unterhaltung auch.
"Where exactly are you from?"
"Chicago."
"Do you have any brothers or sisters?"
Kurzes Zögern. "No."
"Weiß die nicht, ob sie Geschwister hat, oder was?", flüsterte ich Patty ins Ohr, weil ich nicht sicher war, wie viel Deutsch das blonde Gift denn nun eigentlich verstand. Patty zuckte auch nur mit den Schultern.

Wie durch ein Wunder ging die Pause herum, ohne dass ein Lehrer Barbies Zigarette bemerkt hatte. Natürlich, die Herrschaften waren wieder damit beschäftigt, sich auf dem Hof über irgendwas zu unterhalten. Und das nannte sich dann 'Aufsicht'. Aber ich bin sicher: Hätte *ich* mich mit einer Zigarette auf dem Schulhof blicken lassen, wäre ich erwischt worden und hätte obendrein einen Tadel kassiert.

Auch die folgenden Schulstunden waren davon geprägt, dass die jeweiligen Lehrer das neue Busenwunder überschwänglich begrüßten und sie ausfragten. Wir haben an diesem Tag vermutlich mehr Englisch gelernt als Barbie Deutsch, und mir war vollkommen schleierhaft, weshalb sie überhaupt ins Ausland gegangen war, wenn sie sich nicht mal ein bisschen bemühte, die Landessprache zu sprechen.
In den kleinen Pausen klebten die Jungs buchstäblich an ihr dran und hatten auf Balzprogramm geschaltet. Olli riss die ganze Zeit über irgendwelche Witze und schnitt Grimassen, über die er selbst am lautesten lachte, Paul glänzte mit englischer Konversation und Konrad hing einfach die ganze Zeit über gebannt an ihren Lippen, ebenso wie der Rest der Truppe. Es war einfach nicht zum Ansehen.
"Widerlich." Patty sprach aus, was Nina und ich dachten.
"Die führen sich auf wie die Gockel. Hast du gesehen, wie Konrad sie anhimmelt?" Über Ninas Nasenwurzel hatte sich eine steile Falte gebildet.
"Die himmeln doch alle. Echt peinlich."

Wenn ich ehrlich gewesen wäre, hätte ich mir eingestanden, dass es mich natürlich auch wurmte, dass sich um mich noch nie eine Traube von Jungs gebildet hatte, die alle unbedingt mit mir reden wollten. Aber ich war zu beschäftigt damit, Barbie doof zu finden.

Und noch etwas beschäftigte mich: Der geplante Besuch von Chris. Wie würde unser Wiedersehen wohl verlaufen?

alien
Außerirdische(r)
extra-terrestrial
außerirdisch
fake
unecht
unbelievable
unglaublich
mostly
hauptsächlich

ALIEN ALERT

Bad news. ☹ **An extra-terrestrial** Barbie doll has landed in our classroom and she's going to stay there for the next six months. She's so **fake** it's **unbelievable**! And she doesn't speak a word of German either. I know that I have to improve my English, which is why I write this blog **mostly** in English, but Barbie (I'll just refer to her as B. from now on) has come to Berlin to learn German, not to teach us English ... Well, we'll see how it goes. The good news is that C. will be here in exactly one week! I'm getting really nervous!

Posted by **ButterflyHeart** *March 24th* *7.08 p.m.*
0 Comments

Ankunft Flugsteig 15!

Ich hatte kaum geschlafen in der Nacht, bevor Chris am Flughafen Tegel landen sollte. Als ich endlich eingeschlafen war, klingelte auch schon der Wecker. Ich kroch völlig zerschlagen aus dem Bett und hatte nicht den Schimmer einer Ahnung, wie ich den Schultag hinter mich bringen sollte, ohne entweder einzuschlafen oder die ganze Zeit nervös herumzuzappeln. Der Blick in den Spiegel beim Zähneputzen zog mich noch mehr runter: Ich war totenbleich und außerdem hatte der Schlafmangel Spuren in meinem Gesicht hinterlassen, als hätte sich ein Nilpferd darin herumgewälzt.
“Hello and welcome, Canterville Ghost! Ich kenne dich nicht, aber ich dusche dich trotzdem!” Das musste ich unbedingt tun, um wach zu werden, obwohl ich sehr spät dran war. Anschließend klaute ich mir ein halbes Pfund von Mamas Feuchtigkeitscreme, damit die übelsten Knautschspuren bis zum Nachmittag verschwunden wären. Ich hoffte inständig, dass die Versprechungen der Kosmetikindustrie nicht völlig aus der Luft gegriffen waren.
Irgendwie brachte ich den nervigen Unterricht hinter mich, aber mich hätte niemand fragen dürfen, was da eigentlich abging. Nicht mal Barbie brachte mich aus der Fassung; ich hatte bei ihrem affektierten Getue auf Durchzug gestellt.

Den Heimweg musste ich alleine zurücklegen, weil Nina noch etwas zu erledigen hatte, also konnte ich meine Nervosität nicht mal durch Quasseln ein wenig runterschrauben. Zu Hause probierte ich meinen halben Kleiderschrank durch und entschied mich am Ende doch für Jeans und ein eng anliegendes T-Shirt, weil ich mich nicht künstlich auftakeln wollte. Chris sollte mich ja noch erkennen können. Ob er sich sehr verändert haben würde?
Ich hatte noch Zeit und las zum hundertsten Mal all seine E-Mails, die er mir seit letztem Sommer geschrieben hatte.
Looking forward to seeing you soon, endeten sie fast alle.
Und ich erst!

Eine halbe Stunde vor der geplanten Ankunftszeit war ich am Flughafen. Ich musste erst den Flugsteig herausfinden, auf dem Chris ankommen würde. Auf der großen Anzeigetafel las ich, dass Flug LH 457 an Gate 15 ankommen würde, aber es stand auch 'delayed' daneben. Ich musste also zusätzliche zwanzig Minuten warten. I will have kissed Chris in twenty more minutes. Futur II.
Um die Zeit totzuschlagen, schlenderte ich in Richtung Haupthalle und holte mir eine Cola. Das hatte den Erfolg, dass ich noch hibbeliger wurde. Außerdem musste ich aufs Klo. Als ich dort fertig war, stieß ich vor der Tür beinahe mit einem dunkelhaarigen Mann zusammen, der in Begleitung zweier Bodyguards dem Ausgang zustrebte. "Oh, I'm so sorry,

miss", sagte er und lächelte mich freundlich an. Mir blieb der Mund offen stehen, denn es war der leibhaftige George Clooney!
Mam wird tot umkippen!, schoss es mir durch den Kopf. Ich stolpere über George Clooney, und sie ist nicht dabei! Für mich war er ja definitiv zu alt, aber ich verstand durchaus, dass Frauen in Mams Alter ihm zu Füßen lagen.
Ich war so damit beschäftigt, mich zu fragen, was Sexy-George wohl in die Stadt führte, dass ich beinahe an der Anzeigetafel übersehen hätte, dass LH 457 gelandet war. Flight LH four-five-seven has landed and brought my dream boy back to me … Vor lauter Nervosität kaute ich auf meiner Unterlippe herum, bis mir einfiel, dass ich mit angeschwollener Lippe sicher nicht sehr vorteilhaft aussah.
Die gläsernen Schiebetüren öffneten und schlossen sich unzählige Male. Und dann passierte nichts mehr.
Gerade als ich dachte, Chris hätte den Flieger verpasst oder es sich doch anders überlegt, glitt die Tür erneut mit leisem Zischen beiseite. Beinahe hätte ich Chris nicht erkannt. Er trug das blonde Haar ein wenig länger als im letzten Sommer, ein Dreitagebart zierte seine Wangen und er sah richtig erwachsen aus. Er war umringt von Leuten, die zu seinem Filmteam zu gehören schienen. Offenbar hatten alle gemeinsam am Gepäckband gewartet, in einer Ecke, die ich nicht hatte einsehen können. Ich hob zögernd meine Hand zum Winken, als er mich auch schon entdeckte. "Hello, Chris", sagte ich und kam mir so unsagbar däm-

lich vor, weil ich mich benahm wie ein kleines Mädchen.
Ich ging ein Stück auf ihn zu, und als Chris mich in den Arm nahm, fühlte es sich merkwürdig fremd an. Er schob mich auf Armeslänge von sich, um mich zu betrachten.
“You're looking great, Britt!” Sein wunderbares Lächeln und das Blitzen in seinen Augen hatte sich nicht verändert, also entspannte ich mich ein wenig.
Aber wo waren “I love you” und “I've missed you so much” geblieben? All die Sätze, die er in jeder E-Mail geschrieben hatte. Gut, ich hatte auch nichts gesagt, aber von ihm hatte ich das schon erwartet. Stattdessen rief eine Frau mittleren Alters nach ihm, und er ließ mich stehen.
“Chris, please, we're in a hurry. The meeting at the hotel is in thirty-five minutes”, hörte ich sie sagen.
Chris stand ein wenig unschlüssig herum, kam dann aber doch noch einmal zu mir. “You heard her, Britt. I'm really sorry, but I have to go **straight** to the hotel.”

straight
direkt
to walk off
davonlaufen

Ich kam mir mit einem Mal ganz klein vor. Was hatte ich eigentlich erwartet? Chris war zum Arbeiten hier, nicht um seine Far-far-away-Freundin zu besuchen. Ich muss unglaublich traurig ausgesehen haben, denn er nahm mich kurz entschlossen bei der Hand und zog mich hinter sich her.
“Britt has to come with us. She came to the airport to pick me up. I can't just **walk off** and leave her.”
Die Mitglieder der Crew, fast alle älter als Chris, sahen

mich belustigt an. Ein Mann mit Bart, der offenbar das Kommando hatte, sagte: “Okay, she can come with us”, aber ich hatte nicht den Eindruck, dass er sonderlich begeistert war.
Ich quetschte mich ins Taxi neben Chris und hatte keine Ahnung, wo es eigentlich hingehen sollte und wie ich später wieder nach Hause kommen würde.
Die Fahrt ging an den Rand der Innenstadt, in ein mittelgroßes Hotel, dessen Namen ich noch nie gehört hatte. Ich hatte mir immer eingebildet, Filmstars würden im *Four Seasons*, im *Kempinski* oder wenigstens im *Interconti* absteigen, aber offenbar war das Budget doch nicht so groß, wie Außenstehende immer dachten. Oder es handelte sich um eine kleine Filmproduktionsgesellschaft. Letztlich war das unwichtig, aber ich hätte es natürlich cooler gefunden, in ein echtes Luxushotel mitgenommen zu werden.

double
hier: Doppelzimmer

An der Rezeption des Hotels gab es offenbar einige Unstimmigkeiten. Die Frau, die in der Ankunftshalle vorhin nach Chris gerufen hatte, sprach erregt auf den Hotelmanager ein, den sie hatte kommen lassen. Es hätte nicht viel gefehlt, und sie hätte sich die kurzen rotbraunen Haare gerauft.
“We made reservations for fourteen **doubles**, not thirteen!”
Der Hotelmanager lächelte entschuldigend. “I’m so sorry, madam, but we have no more rooms free. I can only give you thirteen doubles. How many people are there with you?”
“Twenty. There are twenty of us.”

"Perhaps two more members of your group could **share** a room?"

Madame Rothaar baute sich in voller Größe vor ihm auf. "This is not just some ordinary tour group. We're shooting a movie here in Berlin. And our actors have to sleep well if they're going to look good on screen." Dabei wurde sie mit jedem Wort lauter und größer und bekam zunehmend Ähnlichkeit mit einem Pitbull.

Gleich platzt sie, dachte ich und grinste. Es konnte ja wohl kein Problem sein, zwei Leute zusammenzulegen, besonders, da einige Crewmitglieder sich offenbar sowieso bereits ein Zimmer teilten.

"I think the real reason why she's so **upset** is the number thirteen", wisperte Chris in mein Ohr. "Lots of Americans are **superstitious**. I don't believe in that stuff. But I wanted to have my own room, because of you."

to share
teilen
upset
aufgebracht
superstitious
abergläubisch
to solve
lösen
at my place
bei mir zu Hause

"N…n…no problem", stotterte ich. "If that's the only way to **solve** it, I don't mind if you share a room. We can meet somewhere else. **At my place**, for example. I can lock my door." Ich lächelte ihn an, doch dann fiel mir etwas ein. "I just hope you share your room with another *man*!"

Anstelle einer Antwort stieß Chris den jungen Mann an, der neben ihm stand. Er mochte drei oder vier Jahre älter sein als Chris, war aber überhaupt nicht mein Typ. Dunkle Fusselhaare und hängende Augenlider, die ihm einen schlafmützigen Blick verliehen.

"Hey, Zach, you want to **double up** with me?"
"That's cool, man", sagte Zach lediglich. Er machte auf mich den Eindruck, als wäre ihm alles ziemlich schnuppe.
"Hey, Belinda, it's all right!" Chris war zu der Rothaarigen getreten. "I'll double up with Zach. We're not worried about being number thirteen ..." Chris betonte das letzte Wort, was Belinda die Schamesröte ins Gesicht trieb. Offenbar war es ihr unangenehm, dass Chris dem Hotelmanager damit den wahren Grund für ihren Aufstand verraten hatte. Sie murmelte etwas, das ich akustisch nicht verstand, was ich aber ihrem Gesichtsausdruck nach als "Wenn das mal gut geht!" werten würde.

to double up with sb
sich mit jdm das Zimmer teilen
set
Drehort
afterwards
danach

In der Zwischenzeit schien Zach aufgewacht zu sein. "We met in San Francisco, didn't we?"
Ich habe mit Sicherheit ziemlich dämlich ausgesehen, denn ich konnte mich beim besten Willen nicht erinnern, Zach jemals zuvor gesehen zu haben. Dieses verpennte Gesicht wäre mir in Erinnerung geblieben, da war ich mir sicher.
"You came to the **set** last year and talked to Nick Stevenson. Chris told me what happened **afterwards**." Er grinste schief und war mir jetzt so richtig unsympathisch. Denn dass ich halb blind vor Enttäuschung nach meiner Begegnung mit Nick fast vor ein Auto gelaufen war und Chris mich gerade noch rechtzeitig zurückgerissen hatte, war nichts, was ich in irgendeiner Weise lustig finden konnte. Auch rückblickend nicht. Ich trat

ein paar Schritte beiseite. Allerdings war mir nun klar, weshalb ich mich nicht an Zach erinnern konnte. Ich war definitiv zu beschäftigt dafür gewesen.
Als Chris wieder zu mir kam, musste ich meine Neugier stillen.
“Is Zach an actor too?” Denn das konnte ich mir beim besten Willen nicht vorstellen.

assistant cameraman Kamera-Assistent
I'd better ich sollte lieber
hustle and bustle Trubel

“He's the **assistant cameraman**. He's a really nice guy.”
Wie auf Kommando stand ‘Mr Nice Guy’ wieder neben uns. Nun, *ich* musste ihn ja nicht mögen.
“Hey, Chris, here's your key. I think we have to hurry. The meeting starts in ten minutes and they say it'll last about two hours.”
Ich hatte echt keine Lust zwei Stunden in der Lobby herumzusitzen, nur um dann festzustellen, dass Chris danach wieder woanders hinhetzen musste. Was nutzte es mir, dass er zwei Tage vor den Dreharbeiten in Berlin war, wenn er doch keine Zeit für mich hatte?
“Chris, **I'd better** go home. Call me if there's a chance for us to meet without all this **hustle and bustle**, okay?” Ich versuchte mir meine Enttäuschung nicht anmerken zu lassen.
“Yeah, Britt, sure I will. I'm so sorry!”
Den Satz hatte ich heute eindeutig zu oft gehört. Chris gab mir einen Kuss – viel zu flüchtig, wie ich fand – schnappte seinen Koffer und hastete zum Fahrstuhl. Als sich die Türen hinter ihm schlossen, fiel mir ein, dass ich nicht mal nach seiner Zimmernummer gefragt hatte.

WHAT'S WRONG WITH US?

Dear readers, I can **confide in** you, because you don't know who I am. I'm terribly disappointed about my meeting with C.! He didn't have any time for me, he looks so different, and now I'm not sure about my feelings. All the time he was so far away I missed him so much and **longed for** him to come and visit me. Well, now he's here, and it just felt so **weird** to touch him and feel his arms around me. Is this normal? Anyone got any **advice**?
Or was today just an **April fool**?

Posted by **ButterflyHeart** April 1st 7.34 p.m.
0 Comments

to confide in sb
sich jdm anvertrauen

to long for sth
sich nach etw sehnen

weird
seltsam

advice
Rat

April fool
Aprilscherz

Ratlos

"So how was your meeting with Chris? Tell me everything!" Nina begrüßte mich auf dem Schulweg gar nicht erst, sondern hakte sich bei mir unter und ging gleich in die Vollen. Sie musste wirklich wahnsinnig neugierig sein, denn Englisch sprach sie eigentlich nur dann mit mir, wenn sie sehr aufgeregt war. Normalerweise hätte ich mich über ihr Interesse gefreut und die Begegnung mit Chris haarklein ausgeschmückt. Aber was gab es schon groß zu erzählen? *Er hat mich am Flughafen begrüßt, ich durfte mit ihm Taxi fahren und dann bin ich wieder gegangen* – das war nicht gerade das, was sie hören wollte. Allerdings war es auch nicht das, was ich hatte erleben wollen. Ich war ja schon froh darüber, dass das Hotel in der Nähe einer U-Bahnstation lag, sodass ich nach diesem missglückten Treffen wenigstens problemlos wieder nach Hause gelangt war. Die Monatskarte hatte ich ja zum Glück immer in der Tasche.

to get up to sth
etw anstellen
to keep sb on tenterhooks
jdn zappeln lassen

Weil mir nichts Besseres einfiel, murmelte ich: "Jo, schön. Doch."

"That's all? No exciting details? Has he changed? What did the two of you **get up to**? Come on, Britt, don't **keep me on tenterhooks** like this!"

"Er hat jetzt einen Dreitagebart und längere Haare. Und wir waren in seinem Hotel."

"Oh la la, not bad, not bad at all! I'd never have thought you'd be **that** easy!" Nina kicherte.
"Was hättest du nicht gedacht?", fragte Patty hinter uns, die sich ganz offenbar sehr beeilt hatte, um uns einzuholen, so sehr, wie sie schnaufte.
Nina grinste. "Dass unsere kleine Britti-Maus mit ihrem geliebten Amerikaner gleich am ersten Tag aufs Hotelzimmer geht, Wiedersehen feiern!"
Zum Glück verloren wir uns für einige Zeit im Gedränge der Schuleingangshalle, sodass ich mir mit der Richtigstellung noch Zeit lassen konnte.
In der ersten Stunde hatten wir Erdkunde. Die Lehrerin war krank, und so hatten wir Vertretung bei Herrn Werkmeister. Wir flehten ihn an, bloß keine zusätzliche Mathestunde mit uns zu machen. Und weil Erdkunde nicht sein Fach war, hatte er die grandiose Idee, für jemanden in der Klasse eine Art Nachhilfestunde in Heimatkunde zu geben. Er gab sich nicht mal ansatzweise Mühe, Barbie das alles auf Deutsch erklären zu wollen. Offenbar hatten alle ihre Weigerung, sich auf unsere Sprache einzulassen, akzeptiert. Oder aber er wollte selbst ein bisschen mit seinen Englischkenntnissen prahlen, wer weiß?

that
hier: so

"What do you already know about Germany, Deborah? Apart from the idea that all Germans like sauerkraut." Herr Werkmeister grinste, als hätte er einen besonders originellen Witz gemacht.
"Germany is divided into East Germany and West Germany", betete Barbie artig herunter und sah sich irritiert um, als wir alle schallend lachten.

"Oh dear! Americans never look **further** than their own **back yard**, do they?" Herr Werkmeister war offensichtlich genervt. "Haven't you noticed that the days of the Wall are over? Germany was **reunified** before you were even born."

further
weiter
back yard
Hinterhof
reunified
wiedervereint
federal state
Bundesland
former
ehemalig
to happen to know
zufällig kennen
Bavaria
Bayern

"Well, sorry, but our teacher didn't tell us anything about Germany being reunified. I can show you my Geography book, if you like", verteidigte Barbie sich. Aber Herr Werkmeister tat nur einen tiefen Seufzer und überging ihren Einwand.

"We now have the old **federal states** and the new federal states from the **former** East. I suppose you've never heard of them before. Do you **happen to know** any of the states by name?"

"**Bavaria**!", trötete Barbie sofort.

"Hab ich's nicht gesagt? Lederhosen und Sauerkraut", sagte Herr Werkmeister an uns gewandt. So gerne ich beim Barbie-Bashing mitmachte, fand ich sein Verhalten in diesem Fall echt unfair. Sie konnte vermutlich wirklich nichts dafür, dass sie nur Bayern kannte und von der Wiedervereinigung nichts gehört hatte. Dass der Unterricht in den USA über amerikanische Geschichte selten hinaus kam, hatte ich schon häufig gehört. Doch Herr Werkmeister gab noch nicht auf.

"Do you know the capital of Bavaria?"

"Munich?"

"Na immerhin. Sag mal: Mün-chen."

"Mun-ken!"

"In Munken ist gut Munkeln!", rief Olli dazwischen, der sich für keinen Kalauer zu schade war.
"Okay. Any other federal states?"
"Saxony."
"Sachsen. What else?"
Schulterzucken bei Barbie.
"Where do we live?"
"In Berlin. But that's not a federal state."
"Right; Berlin's a **so-called** '**city state**'. Any other city states, anyone?"
Paul meldete sich.
"Bremen, and Hamburg."
"Okay. I suppose you only know Hamburg from your **fast-food restaurants**?" Herr Werkmeister lachte wieder. Barbie warf ihm einen vernichtenden Blick zu, stand wortlos auf und verließ den Raum.

so-called
so genannt
city state
Stadtstaat
fast-food restaurant
Schnellimbiss

Herr Werkmeister hatte keine Anstalten gemacht, Barbie zurückzuholen, und sie kam erst zum Beginn der nächsten Stunde wieder. Wir hatten keine Zeit, weiter über das, was geschehen war, nachzudenken, denn die kleinen Pausen waren damit ausgefüllt, vergessene Hausaufgaben abzuschreiben, und in den großen Pausen mussten wir hektisch den Weg zwischen Schule und Turnhalle zurücklegen, die sich unser Gymnasium mit einer Realschule teilte. So blieb lange keine Zeit für ein ungestörtes Gespräch mit meiner besten Freundin. Aber Nina konnte ich nichts vormachen.

“Hey, Britt, what’s wrong with you?”, sagte sie dann auch, als wir uns auf den Nachhauseweg machten und niemand sonst in der Nähe war. “Did something happen yesterday?”

Ich sah angestrengt auf meine Füße.

“Nein, nichts.”

“Aber ...”, setzte sie an, doch ich unterbrach sie.

“Das ist es ja eben! Es ist rein gar nichts passiert! Keine Schmetterlinge im Bauch, keine richtige Wiedersehensfreude ... er hatte keine Zeit für mich, es war einfach alles komplett bescheuert!” Ich trat nach einer zusammengedrückten Bierdose, die neben einem der orangefarbenen Abfalleimer an einer BVG-Haltestelle lag.

“Oh.” Eine Zeit lang liefen wir schweigend nebeneinander her.

“Und was war das mit der Wiedersehensfeier im Hotelzimmer?”

“Das hast *du* gesagt. Ich habe nur gesagt, ich war in seinem Hotel. Allerdings bin ich nicht weiter als bis zur Lobby gekommen. Dann brach nämlich die große Hektik aus, weil ein stundenlanges Meeting angesetzt war. Er hatte null Zeit für mich. Da bin ich gegangen.”

“Und? Bist du überhaupt nicht mehr verliebt?”

“Ach, Nina ... Ich weiß gar nichts mehr.” Nächster Tritt gegen die Bierdose. Wenn ich so weitermachte, kam ich am Ende noch in die Frauen-Nationalmannschaft im Bierdosenfußball. “Ich hatte mich so gefreut. Schließlich habe ich seit letztem Jahr an fast nichts anderes gedacht als an unser Wiedersehen.”

“Jaaa, das hat man gemerkt”, sagte Nina gedehnt.

"Hättest ja sagen können, wenn es dich nervt", sagte ich gereizt. Diesmal flog die Bierdose weit auf die Straße und war damit futsch. "Jedenfalls habe ich mir unser Wiedersehen immer und immer wieder ausgemalt. Total romantisch, mit Blümchen und einem filmreifen Kuss ..." Ich seufzte tief. "Und dann kam er durch diese Schiebetür und sah so erwachsen aus, so anders, so gar nicht Chris-mäßig. Da hab ich mich mit einem Mal gefragt, ob ich ihn überhaupt kenne."

Nina legte ihren Arm um mich und wir liefen schweigend weiter. Offenbar überlegte sie, womit sie mich trösten konnte. Sie klappte auch den Mund auf und zu und ich hatte den Eindruck, sie wollte mir etwas sehr Persönliches dazu sagen, weil sie so seltsam schaute. Stattdessen sagte sie nach einer Pause: "Als würde man plötzlich seinem Star gegenüber stehen und der ist dann gar nicht so, wie das, was man in ihn hineininterpretiert hat."

"Danke. Daran brauchst du mich nicht zu erinnern. *Die* Erfahrung hab ich bereits gemacht. Aber das war schon noch anders."

"Klar, weil Chris nicht so ein Armleuchter ist wie Nick. Aber du hast dir von ihm zu viel erträumt, da kann die Realität nicht mithalten. Projektion nennen die Psychologen das."

Ich stöhnte laut auf. "Woher hast du denn dieses geschwollene Zeug?"

"Von meinem Vater. Manchmal habe ich den Eindruck, er meinte über alles Bescheid wissen zu müssen, bloß weil er Professor ist, auch wenn es nicht sein Fachgebiet ist. Als würden die Leute das von ihm erwarten."

“Ich kann gerade überhaupt nicht folgen. Ich bin viel zu verwirrt.”
“Schau mal ...” Nina suchte nach Worten. “Ihr habt euch so lange nicht gesehen, da könnt ihr nicht auf Knopfdruck wieder genau da anfangen, wo ihr letzten Sommer aufgehört habt. Der Flug war sicher auch anstrengend. Bestimmt hat Chris sich gefreut, dich zu sehen, aber für den dicken Love-Story-Kuss war es vielleicht nicht die richtige Situation vor seinen Kollegen. Denk dran, er ist beruflich in Berlin. Es wäre anders, wenn er dich privat besuchen würde, glaub mir.”
Liebe Nina. Nun hatte selbst ich es kapiert. Sie sprach genau das aus, was ich die ganze Zeit gedacht hatte. Wenn sie das genauso sah, standen die Chancen nicht schlecht, dass tatsächlich etwas Wahres daran war. Ich versuchte also, mich nicht weiter darüber zu grämen, lächelte tapfer und war dankbar, als Nina das Thema wechselte.
“Das vorhin mit Barbie war ja ziemlich fies von dem Werkmeister. Wusste gar nicht, dass der so anti-amerikanisch eingestellt ist.”
“Ich fand das auch ziemlich billig. Ist doch klar, dass die Amis bei deutscher Geschichte und Erdkunde nicht punkten können. Die haben echt genug mit ihrem eigenen Riesenland zu tun.”
“Du magst Barbie inzwischen doch, hm?”
“Quatsch! Ich finde es nur nicht toll, wenn Lehrer uns Schüler verarschen. Heute ist es Barbie und morgen macht er sich dann womöglich über mich lustig.”
Wir gingen eine Weile schweigend nebeneinander her.

"Sag mal, hast du nicht auch den Eindruck, dass sich Barbie mehr um die Jungs in unserer Klasse kümmert als um den Unterricht?" Nina versuchte die Bemerkung irgendwie beiläufig klingen zu lassen und ich tat, als hätte ich nicht bemerkt, dass sie für den Satz geistigen Anlauf genommen hatte.
"Allerdings. Ich finde es langsam peinlich, wie sie die alle anhimmelt!"
"Die himmeln ja auch noch zurück! Hast du gesehen, wie lüstern Konrad sie anstarrt, wenn sie sich auf ihrem Stuhl räkelt?"
Das war mir noch nicht aufgefallen, aber weshalb hatte Nina es bemerkt?
"Das hast du neulich schon gesagt. Ist da mit Konrad irgendetwas, das ich wissen sollte?"
"Was soll denn sein?" Nina klang unwirsch.
"Najaaa, du reagierst doch arg empfindlich auf seine Zuneigung zu unserem Püppchen. Bist du sicher, dass du nicht in ihn verliebt bist?" Ich grinste sie frech an.
"Pah. Konrad. Ausgerechnet. Was traust du mir zu?"
"Die Liebe geht oft seltsame Wege", zitierte ich einen Standardspruch meiner Oma.
"Nicht bei mir."
Es fehlte nur noch, dass Nina "Basta!" gesagt hätte. Aber mir war auch so alles klar.

Zu Hause checkte ich wieder die Mails und surfte zu meinem Blog. Unter dem Posting *What's wrong with us?* hatte sich etwas verändert:

Posted by **ButterflyHeart** April 1st 7.34 p.m.
1 Comment

Ich klickte den Kommentar an.

Anonymous said:
Take your time to get used to each other again. Don't worry.

Ich hatte bisher praktisch keine Kommentare in meinem Blog, weil es eigentlich niemand kannte. Es stellte so etwas wie mein erweitertes Tagebuch dar. Ich schrieb vieles hinein, hatte aber keine Ahnung, ob es überhaupt jemand las. Werbung hatte ich jedenfalls dafür nicht gemacht. Nina gegenüber hatte ich es mal erwähnt und ihr die URL auf einen Zettel geschrieben. Sie war auch die Einzige, die bisher mal einen Kommentar geschrieben hatte. Und nun das. Ausgerechnet ein anonymer User. Kein Link zu einer Mailadresse oder Homepage. Aber vielleicht hatte er ja Recht mit dem, was er da schrieb.
Ich klickte auf 'Antworten':

anonymous
Anonymus
(jd, der seinen Namen nicht nennen willl)
anonymous
anonym
post
hier: Posting

Who are you to give me this advice? Do you know me? I don't like ***anonymous posts****.*

Ich hoffte, es war nicht Nina, die sich nur versehentlich nicht einloggt hatte. Sie wäre sonst vermutlich sehr belustigt. Auf jeden Fall würde ich dieses Kommentarfeld im Auge behalten.

FRIENDS

It's soooo good to have a real friend you can share all your problems with. Thank you, N., for being this friend. And I'm sure that one day you'll tell me about your feelings for K. Maybe you don't even know what they are yet, but I can already feel it …

Posted by **ButterflyHeart** *April 2nd* *4.58 p.m.*
0 Comments

Missglücktes Sightseeing

Ich war so froh darüber, dass Chris am nächsten Tag endlich Zeit hatte, sich mit mir zu treffen. Es war zwar noch immer komisch, auf ihn zuzugehen und ihn zu küssen, aber während wir die Friedrichstraße heruntergeschlendert waren, hatte er entweder meine Hand gehalten oder den Arm um mich gelegt und es fühlte sich wieder gut an. Jetzt saßen wir bei *Starbucks* und hatten einen Stadtplan vor uns ausgebreitet.

government district Regierungsviertel
used to be früher war
to build (built, built) bauen
in fact genau genommen
to ignore ignorieren
caged in eingesperrt

"We should go to the new **government district** near the Reichstag. I can show you where the Berlin Wall **used to be**." Ich deutete mit dem Finger auf das Regierungsviertel.

"That's a good idea! I'd like to see that. Did your parents tell you about what it was like to live with the Wall?"

"Yeah, but my parents were born after the Wall was **built**, and they didn't have any relatives in East Germany, so it wasn't that strange for them. They were used to it. **In fact**, I think they just **ignored** the Wall, like it was just an ordinary kind of building. People in West Germany often asked them if they felt **caged in**, but younger people in West Berlin didn't know life any other way. The only thing they really hated was driving along the **transit corridor** through East Germany. There were very strict **border controls**, and you had to wait a long time. You also weren't allowed to drive faster than a hundred kilometres per hour on the transit corridor."

"Unbelievable!"

"What's unbelievable? The Wall, or driving slowly?" Ich kicherte.

"All of it. It's just crazy to cut a country into pieces. Think of all the families who must have been **separated**."

Ich nickte und machte ein nachdenkliches Gesicht.

"It must have been worse than we can imagine. I've tried to imagine it, but then I hear real stories about that time and they're much worse than anything I could **think up**. For example, there was this man who wanted to escape from East Germany. He wanted to take his wife with him, but she was afraid they'd **be shot** at the **border**. So she told the Stasi about her husband's plan. The man was sent to **prison** but his wife was **glad**, because she thought she'd saved his life. Isn't that horrible?"

"We can all be very glad that it's over." Chris drückte mir den Stadtplan in die Hand. "We should go and look for the old border now. It's getting late. I have to be on set at 5 p.m."

transit corridor
Transitkorridor

border control
Grenzkontrolle

to separate
trennen

to think up
sich ausdenken

to be shot
erschossen werden

border
Grenze

prison
Gefängnis

glad
froh

Ich war ja froh, überhaupt Zeit mit ihm verbringen zu können. Also beeilten wir uns, und so konnte ich ihm bald die in den Boden eingelassene Linie zeigen, die den früheren Verlauf der Berliner Mauer symbolisierte. Wir standen hinter dem Reichstag und überlegten gerade, dass wir nachsehen wollten, wie lang die Schlange vor dem Eingang wäre, als mir jemand auf die Schulter tippte und ich eine quietschende Stimme hinter mir hörte, die mir beinahe das Blut in den Adern gefrieren ließ.

"Hi, guys! Well, **fancy meeting you here!**"

Ja, was für ein Zufall. Barbie! Mitten in der Innenstadt. Wo ich gerade die sehr knappe Zeit mit meinem amerikanischen Freund genießen wollte. Allein.

Fancy meeting you here!
Was für eine Überraschung, euch hier zu treffen!

Ich verstand auch ihre aufgesetzte Fröhlichkeit überhaupt nicht. Seit sie bei uns in der Klasse war, zog sie es vor, mich zu ignorieren, und machte ein Gesicht, als sei ihre ganze Familie auf einen Schlag verstorben. Nachdem ich ihr Chris vorgestellt hatte, dämmerte mir allerdings, was der Grund für ihre gute Laune sein musste: Sie hatte uns vermutlich reden hören. Und bemerkt, dass es sich bei Chris um einen Landsmann handeln musste. MANN vor allem …

Jedenfalls hatte ich von diesem Zeitpunkt an Sendepause und sah vor allem ihren Rücken, denn sie drängte sich sofort zwischen Chris und mich.

"Hi, I'm Deborah Wilcox from Chicago! My friends call me Debbiiiiieee!" *Und deine Feinde nennen dich Barbiiieee*, dachte ich. Mir wurde unaufhaltsam übel. Sie textete Chris gnadenlos zu, und wenn er sprach, quiekte sie vor Entzücken. “Oh really?”, rief sie immer wieder. Die Leute drehten sich bereits nach uns um. Mir war das total peinlich, aber sie machte keinerlei Anstalten, ihre Lautstärke auch nur das kleinste Bisschen zurückzuschrauben. “Oh, really, you're from San Francisco? I've got friends there who I visited once. It's such a nice place! I mean, it's nothing compared to Chicago, or the **Big Apple**, but nice.” Zum Glück verkniff Chris es sich, sie nach Chicago auszufragen, sonst hätten wir vermutlich noch ein paar Tage dort gestanden.

Big Apple
Spitzname für New York City
cute
niedlich

“Have you already been in that **cute** little building?” Sie deutete auf das mächtige Reichstagsgebäude und kicherte dämlich. Wir schüttelten den Kopf und lösten damit ihren nächsten Quieker aus.
“Oh, then we have to go together! Come on, guys!”
Wir hatten nicht den Hauch einer Chance.
Zum Glück war die Schlange einigermaßen kurz, also würde Chris es sicher rechtzeitig zu seinem Dreh schaffen. Natürlich nur, wenn Barbie uns bis dahin aus ihren Klauen entließ.
“My parents sent me to Berlin to learn German, but it's such a difficult language”, sagte sie gerade zu Chris, als wir all unsere Metallgegenstände in eine Schale legen und anschließend durch den Metalldetektor gehen mussten.
Kein Wunder, dachte ich. *Wenn man nicht mal die einfachsten Vokabeln lernt, ist* jede *Sprache schwierig.*

"So what are *you* doing in Berlin?", fragte sie Chris, während sie ihre diversen Metallarmbänder wieder um ihre Handgelenke legte.

Gleich kreischt sie wieder, wenn sie hört, dass Chris beim Film ist, dachte ich noch und zog den Kopf ein wie eine Schildkröte, als würde das helfen, die Lautstärke zu mindern. Aber sie bekam zum Quieken keinen Anlass.

"I'm visiting my girlfriend", sagte Chris, als wir uns in den Fahrstuhl quetschten. Er nahm mich in den Arm und küsste mich. Ich lächelte dankbar und schwebte auf Wolke sieben.

"Oh, how **romantic**!", sagte Barbie in einem Ton, der verriet, wie wenig ihr diese Antwort passte.

Sie hielt dann tatsächlich für eine Weile den Mund. Wir traten auf das Dach des Reichstagsgebäudes, und da war ich dann wieder gut genug für Miss Deborah Wilcox. Sie richtete ihre Aufmerksamkeit auch mal auf mich, damit ich den Fremdenführer gab: "Look! What's that big building over there?"

"That's the SONY Center. That's Potsdamer Platz over there." Ich bemühte mich, bei meinen Erklärungen lieber Chris anzuschauen. "Potsdamer Platz used to be one of the most important squares in Berlin, but when we had the Wall it was **completely deserted**. **No one** could go there. In the early '90s they **revived** the area. It was the largest **building site** in Europe **for years**."

romantic
romantisch
completely
vollkommen
deserted
verlassen
no one
niemand
to revive
wiederbeleben
building site
Baustelle
for years
jahrelang

Ich erklärte ihnen alles, was ich wusste. Zeigte die Charité ("Our most famous hospital"), den neuen Hauptbahnhof ("I love the **architecture**! You **absolutely** have to go there"), Funk- und Fernsehturm sowie das Kulturforum. Ich erkannte in der Ferne sogar das Schering-Gebäude ("Schering is a **pharmaceutical company** – it's the biggest **employer** in Berlin") und das Märkische Viertel, denn die Sicht war gut.
Ein Blick auf die Uhr zeigte jedoch, dass die Zeit für Chris langsam knapp wurde.
Barbie wäre gerne noch den Weg bis oben in die Glaskuppel hineingegangen, und das hätte sie auch ruhig alleine tun können, aber sie klebte lieber weiter an uns dran.
"Chris, why are you so busy? Where do you have to go?"
Er druckste ein wenig herum. Ich erinnerte mich, dass Chris mir anfangs auch nicht gesagt hatte, dass er Schauspieler war, weil er nicht wollte, dass ich ihn seines Berufs wegen mochte. Aber bei Barbie hätte er meinetwegen keine Rücksicht zu nehmen brauchen. Im Grunde konnte es ihm ja wohl herzlich egal sein, ob und weshalb sie ihn mochte. Oder? Irgendwie gefiel mir das alles nicht.
"I've got a business **appointment**", sagte er schließlich.
"Where do you have to go? Maybe we're going the same way."
"I don't think so. I have to go to Alexanderplatz."

architecture
Architektur
absolutely
unbedingt
pharmaceutical company
Pharma-Konzern
employer
Arbeitgeber
appointment
Termin

"Alexanderplatz? Oh, that's great! That's exactly where I wanted to go to next. It's **recommended** in my **travel guide**."

Ich war mir sicher, dass auch irgendwelche Plattenbauten in Marzahn eine Empfehlung in ihrem Reiseführer gewesen wären, hätte Chris nur gesagt, dass er dorthin wollte. Ich muss ein ziemlich wütendes Gesicht gemacht haben, denn Chris sah mich kurz an und versuchte die Sache noch umzubiegen.

"Did I say 'Alexanderplatz'? I'm so stupid. Actually I have to go back to my hotel in Charlottenburg, and then on to Meinekestraße."

recommended empfohlen
travel guide Reiseführer
familiar bekannt
somehow irgendwie
possible möglich

Die Meinekestraße kannte Barbie offensichtlich nicht. Gut, dass er nicht Ku'damm gesagt hatte. Sollte Barbie sich veräppelt gefühlt haben, so zeigte sie es zumindest nicht.

Wir gingen zusammen zur Haltestelle. Auf dem Weg dorthin starrte sie Chris ständig von der Seite an. "You look really **familiar somehow**. Is it **possible** that we've met before?"

"I don't think so", sagte ich rasch. Chris sollte ihr definitiv nicht erzählen, dass sie ihn vermutlich aus dem amerikanischen Fernsehen kannte. Das würde mir total gegen den Strich gehen.

Ich musste in die andere Richtung fahren und Chris küsste mich zum Abschied. Als der Bus Richtung Innenstadt kam, stiegen die beiden ein und verschwanden wer weiß wohin.

Ich starrte ihnen finster nach.

MURPHY'S LAW

You know Murphy's Law? If there's **a snowball's chance in hell** that something might go wrong, it *will* go wrong. And then everything else does **as well**. C. and I have **hardly** any time to see each other, but when we do, at exactly that moment the stupid Barbie doll **turns up** and we have no chance of getting rid of her. As if that wasn't bad enough, I got the **impression** that it was completely okay for C. that she came with us. Well, at least blogging by mobile phone seems to work. Oh, I have to hurry – my bus is coming!

Posted by ***ButterflyHeart*** *April 3rd 5.23 p.m.*
0 Comments

Murphy's Law
Murphys Gesetz

a snowball's chance in hell
den Hauch einer Chance

as well
auch

hardly
kaum

to turn up
auftauchen

impression
Eindruck

Voll der Frust

Wenn Luft Wasser wäre, dann hätte um mich herum alles gekocht und gebrodelt. Ich saß hinten im Bus und machte ein so finsteres Gesicht, dass sich niemand in meine Nähe traute. Alle Fahrgäste machten kurz Halt und sahen sich dann nach einem Sitzplatz weiter vorne um. Alle, bis auf einen. An der letzten Haltestelle war nämlich Paul eingestiegen, und der hätte wohl nicht einmal gemerkt, dass ich in Ruhe gelassen werden wollte, wenn ich ein Schild mit der Aufschrift "Please do not disturb!" auf meine Stirn genagelt hätte.

"Oh, hallo Britt! Na, was geht?" Er zog die Kopfhörer seines iPods aus den Ohren und schaltete die Rapmusik aus, die zuvor noch leise scheppernd zu hören war.

"Nix." Ich starrte demonstrativ aus dem Fenster. Und es stimmte ja auch: Es ging gar nichts. Oder doch: Alles ging schief.

"Die korrekte Antwort wäre gewesen: 'Nix, und bei dir?'", belehrte mich Paul über die Standardfloskel, die offenbar alle Jungs in unserer Klasse austauschten, wenn sie sich trafen. Da ich weiterhin nicht reagierte, führte er das Gespräch alleine weiter, als hätte ich ihn tatsächlich gefragt, was bei ihm abginge.

"Och, bei mir ist alles okay. Bisschen langweilig heute. Ich war bei meinem Vater und der hatte keine Zeit, weil er noch einen Auftrag fertig machen musste, aber es gibt Schlimmeres. Schließlich hat er 'ne Playstation."

Nun reagierte ich doch.
“Haben deine Eltern sich getrennt?”
“Vor ’nem knappen Jahr. Hat man mir das nicht angemerkt?”
“Nö.” Was vermutlich daran lag, dass ich mich für Paul und die anderen Jungs in meiner Klasse bisher nicht die Bohne interessiert hatte, aber das würde ich ihm natürlich nicht auf die Nase binden.
“Da bin ich ja beruhigt. Es ging mir nämlich echt nicht gut am Anfang.”
“Na nu, Jungs mit Gefühlen?” Im selben Moment wünschte ich, ich hätte das nicht gesagt.
“Mensch, du bist ja echt mies drauf heute.”
“Ich hab dich ja auch nicht gebeten, mich vollzulabern.” Der Blick in sein betroffenes Gesicht zwang mich dazu, irgendwas zur Entschuldigung zu sagen.
“Sorry, Paul, ich hab das nicht so gemeint. Du hast völlig recht: Ich BIN mies drauf.” Und dann – ich weiß echt nicht, wie das passieren konnte – schüttete ich ihm tatsächlich mein Herz aus. Kippte ihm den geballten Frust über das seltsam distanzierte Gefühl zu Chris vor die Füße, nebst meiner Wut über Barbies Verhalten. Normalerweise erzählte ich solche Dinge nur Nina oder maximal Patty. Jungs ging das eigentlich nichts an. Aber vermutlich hatte ich das Gefühl, bei Paul etwas gutmachen zu müssen, wegen meiner dummen Sprüche vorher.
“Ihr nennt sie ‘Barbie’?” Paul grinste. “Bei uns heißt sie ‘Blonder Bomber’.”
“Ich würde Blondie ja lieber eine Bombe in die Tasche stecken.”

“Verstehe ich völlig. Aber sie sieht wirklich gut aus, das musst du doch auch zugeben, oder?”
“Ach, muss ich das?” Schnippisch. Schon wieder. Aber ich hatte plötzlich das Gefühl, mich ihm mit der Offenbarung meiner Gefühle zu sehr ausgeliefert zu haben.
“Don’t judge a book by its cover”, dozierte Paul. “Vielleicht versteckt sie hinter der hochnäsigen Fassade nur ihre Unsicherheit. Hast du mal überlegt, dass sie vielleicht Heimweh haben könnte?”
“Seit wann haben Barbiepuppen Gefühle?”
“Ach, stimmt ja!” Paul schlug sich leicht mit der flachen Hand vor die Stirn und wurde laut. “Die haben ja genauso wenig Gefühle wie Jungs! Wie konnte ich das vergessen?” Er senkte die Stimme wieder. “Kann es sein, dass du ein bisschen vorurteilsbeladen bist, hm?” Paul wiegte den Kopf hin und her. “Schade eigentlich. Ich hatte dich für weniger oberflächlich gehalten.”
“Ich habe halt meine Lieblingsvorurteile. Aber wenn du den halben Tag mit dieser Tussi verbracht hättest, dann wärst du vielleicht auch auf die Idee gekommen, dass sie rein gar nichts im Kopf hat. Sie hat allen Ernstes im Reichstag irgendwelche albernen Cheerleadersprüche gerufen und so rumgehampelt, dass sich alle Leute nach uns umdrehten. Das war so dermaßen peinlich!”
“Dann hattest du doch gute Unterhaltung.” Paul grinste. “Komm, ärgere dich nicht. Wenn du das so albern gefunden hast, dann war Chris sicher auch nicht entzückt. Er weiß doch sicher, was er an dir hat.”
Ob er das wirklich wusste? Auf jeden Fall war es nett von Paul mich aufmuntern zu wollen, obwohl ich ihn so angezickt hatte.

"Im Übrigen bist du auch blond. Goldblond. Das sieht viel besser aus."
Ich wusste nicht, was ich darauf sagen sollte, also schwieg ich und sah krampfhaft aus dem Fenster. Als ich an meiner Haltestelle aussteigen musste, ging es mir tatsächlich ein kleines bisschen besser. Allerdings nur so lange, bis ich mich fragte, ob Paul alles, was ich ihm – offenbar im Zustand geistiger Umnachtung – anvertraut hatte, wohl brühwarm seinen Kumpels erzählen würde. Dann würde es sicher nicht lange dauern, bis es auch Barbie zu Ohren käme und dann stünde ich als eifersüchtige Zicke da ... Ich beschloss, diesen Gedanken aus meinem Kopf zu verbannen. Konnte man einzelne Gehirnzellen amputieren?

bitch
Biest
Bloody hell!
Verdammte Scheiße!

OUCH!
I made a big mistake. I told a BOY about my feelings for C. and about how angry I was at B. How could I do that? I'm sure P. will tell all the other boys about it and I'll look like a jealous **bitch**.
Bloody hell!

Posted by **ButterflyHeart** April 3rd 9.12 p.m.
0 Comments

Einfach ätzend!

Heute hatten alle Menschen um mich herum so dermaßen gute Laune – das ging mir total gegen den Strich. Sogar Frau Schaaf kam mit einem strahlenden Lächeln förmlich in den Klassenraum hineingeschwebt, was bei ihrer sperrigen Statur schon eine echte Leistung war.

"Wir haben in der Lehrerkonferenz beschlossen, einen Bunten Abend zu veranstalten", trällerte sie. "Lasst euch schon mal etwas einfallen, das ihr dann aufführen werdet. Tut euch am besten in Gruppen zusammen. Aber ihr bekommt dazu morgen noch einen Zettel."

Dann bemerkte sie Barbies dümmlichen Gesichtsausdruck.

"Oh, sorry, dear, I always forget that you still have **difficulties** with our language!" Sie räusperte sich. "I just said that the school is planning an evening of music and **entertainment**. You have to work in groups on a subject that you can choose **yourselves**, then on the evening of the entertainment you **perform** it on the stage in our **assembly hall**."

"**Oh, right**, I know. We had **events** like that at my school in America."

"Perfect! Then it won't be difficult for you to decide on a subject."

difficulty
Problem
entertainment
Unterhaltung
yourselves
selbst
to perform sth
etw aufführen
assembly hall
Aula
Oh, right.
Ach, so.
event
Veranstaltung

"Am I allowed to perform something **by myself**?"
"No, **I'm afraid not**. You have to join a group. There are so many pupils in our school that the **performance** would last all night if everybody did their own thing. Also, it's a chance for you to work closely with your classmates and **get to know** them better."
Zählte es auch als 'Anschluss bei den Mitschülern finden', wenn sich in jeder Pause die Jungs um sie scharten, um einen Blick auf ihren Busen zu erhaschen? Meine Gedanken waren wirklich gehässig. Ein klitzekleines Bisschen schämte ich mich dafür auch. Allerdings in einer sehr versteckten Ecke meines Hirns. Übertreiben musste ich es damit ja nicht.
"Does anyone have an idea what they'd like to perform?"
"Wie wäre es mit einem kurzen Theaterstück?" Konrad überlegte laut.
"Say it in English, please!"
"Sind wir neuerdings in einer bilingualen Schule, oder was?", maulte Patty hinter mir. Frau Schaaf hatte das allerdings auch gehört.
"Patricia, I really don't think **it'll do you any harm** to practise your **rudimentary** English."
"I thought Bar... äh, Debbie was in Germany to learn German?"
"That's right. But her stay in Berlin **obviously** wasn't organized very well. I'm sure she'll be going on a **language course** when one becomes available. But until then it wouldn't be

by myself allein
I'm afraid not. Ich fürchte nicht.
performance Aufführung
to get to know sb jnd kennenlernen
It won't do any harm. Es wird nicht schaden.
rudimentary rudimentär
obviously offensichtlich
language course Sprachkurs
available verfügbar

to improvise
improvisieren
manners
Manieren
around
dabei
absolute
absolut
limit
Grenze
to consist of
bestehen aus
May I?
Darf ich?
drama group
Theatergruppe
lead
Hauptrolle
She must be nuts.
Die spinnt wohl.

possible for her to take part in class if we didn't help her by **improvising** now and then. It's just good **manners** to speak English when she's **around** – it makes life easier for her, and it'll improve your language skills."
"What about the theatre play?", meldete sich Konrad zu Wort.
"That's a very good idea, Konrad. But it shouldn't last longer than ten minutes. I forgot to mention that. Ten minutes is the **absolute limit** for each performance. And each group should **consist of** at least four pupils."
Vier Schüler? Nina und ich sahen uns an. Patty sollte noch dazu, das war klar, aber wer könnte Nummer vier sein? Automatisch sahen wir beide zu Barbie hinüber und schüttelten gleichzeitig den Kopf. Wir verstanden uns eben auch ohne Worte.
In der Pause machte Miss Deborah Wilcox keine Umschweife, sondern ging direkt auf Konrad zu. Nina verfolgte sie mit hasserfüllten Blicken, als sie bemerkte, wie Barbie zu allem Überfluss auch noch ihr T-Shirt hinunterzog. Wollte sie damit ihren Ausschnitt noch etwas größer wirken lassen?
"Konrad", sagte sie, und es klang wie 'Konräääd'. "Konrad, **may I** join your group? I was in a **drama group** in Chicago. I always played the **lead**."
"Pff, the lead! **She must be nuts**", quetschte Nina mit zusammengebissenen Zähnen hervor.

Konrad stand mit wenig intelligentem Gesichtsausdruck vor ihr und färbte sich zartrosa. “Erm, erm, I haven’t even thought about what we could perform and who to have in the group. There’s still **plenty of** time to **think it over**.”
Barbie zog eine filmreife Schnute und wurde ein bisschen schnippisch, aber nicht zu viel, damit sie sich ihre Chancen nicht verdarb.
“Okay, then. Let me know your decision, when you’ve finished ‘thinking it over’.” Dann warf sie mit einer ausladenden Bewegung ihr langes, blondes Haar über die Schulter, drehte sich um und stolzierte aus dem Klassenzimmer.

plenty (of)
jede Menge
to think sth over
etw überdenken

In der darauf folgenden Stunde hatten wir Englisch, und da hatten wir sozusagen Sendepause, weil sich Herr Bäumler, unser Englischlehrer, praktisch nur mit Barbie unterhielt. Allerdings gab er zuerst die Klassenarbeiten zurück.
“Britt, du kannst doch inzwischen ganz gut Englisch sprechen. Wieso kriegst du das mit der Grammatik nicht hin?”, fragte er, als er an meinen Tisch trat. Vorsichtig schielte ich auf die Zensur. Vier minus. Das konnte ja wohl nicht wahr sein. Wofür hatte ich dann überhaupt geübt?
“Immerhin keine Fünf! Du hast dich verbessert”, wisperte mir Nina ins Ohr. Sie bemühte sich, ihre Note mit der Hand zu verdecken, aber ich hatte auch vorher schon gesehen, dass sie die obligatorische Eins hatte.
“Lieb von dir, aber gib dir keine Mühe. Der Bäumler kann mich sowieso nicht leiden. Der würde mir auch

keine bessere Zensur geben, wenn alles richtig wäre."
Ich badete im Selbstmitleid; darin war ich Profi.
Nina kannte das schon. "Quatschkopp!" war ihr einziger Kommentar.
Wir bekamen Zeit, um unsere Berichtigung zu schreiben. In den letzten zehn Minuten lauschten wir dem Zwiegespräch von Barbie und Herrn Bäumler.
"Deborah, why don't you tell us some things about life at your **high school** in Chicago?"
"Are you really interested?" Barbie garnierte ihren skeptischen Gesichtsausdruck mit riesigen Kulleraugen. Sollte das Herrn Bäumler beeindrucken?
"Of course. I want to know all about the differences between our school systems, and I think your classmates do too."
Im Grunde war ich wirklich neugierig darauf, zu erfahren, wie es in anderen Ländern so lief mit der Schule. Als Nina und ich in Kalifornien gewesen waren, hatten wir keine Gelegenheit dies herauszufinden, weil wir ja wirklich nur Ferien gemacht hatten. Mir wäre es allerdings lieber gewesen, wenn Barbie damit nicht wieder die volle Aufmerksamkeit zuteil geworden wäre. Man sah unsere Jungs ja schon förmlich sabbern.

high school
Highschool

"Okaaay." Sie tat, als hätte Herr Bäumler sie erst überzeugen müssen, dabei wussten wir doch alle inzwischen, wie gerne sie sich reden hörte. "School starts at 7.55 and ends at 3.05 in the afternoon. You have to choose seven classes, and they take place every day."
"What happens in the morning?"

"School starts every day with the **Pledge of Allegiance.**"
"Can you tell us what that is?"
Barbie stand auf und zeigte zur Tafel.
"Imagine there's the **Stars and Stripes** over there. In our country, you see the American flag everywhere. It's next to the blackboard in every school classroom."
Sie legte die Hand aufs Herz und legte mit lauter Stimme los: "I pledge allegiance to the Flag of the United States of America, and to the **Republic** for which it stands, one **Nation** under God, **indivisible**, with **liberty** and **justice** for all."

pledge of allegiance
Fahneneid
Stars and Stripes
Sternenbanner
(die amerikanische Flagge)
republic
Republik
nation
Nation
indivisible
unteilbar
liberty
Freiheit
justice
Gerechtigkeit

Danach hätte man wirklich die berühmte Stecknadel fallen hören können. Umso brutaler kam mir die Klingel vor, die das Ende der Stunde signalisierte. Barbie hatte das amerikanische Treuegelöbnis mit einer solchen Inbrunst aufgesagt, dass ich eine Gänsehaut bekommen hatte. Konnte man für ein Land, in das man zufällig hineingeboren war, tatsächlich so viel Loyalität empfinden, auch wenn der Präsident ein kompletter Idiot war und seine Nation pausenlos in unmögliche Situationen brachte?
Auf jeden Fall schien Barbie ihre Heimat wesentlich mehr zu vermissen, als ich bisher gedacht hatte.

Ein starker Frühlingsregen durchweichte alles, und so durften wir die anschließende große Pause drinnen verbringen. Weil Barbie gerade in Fahrt war, quetschten die Jungs sie über den Schulsport aus.

"Is there a football team at your school?", wollte Konrad wissen und beugte sich so weit zu ihr vor, dass er wieder mal fast in ihren Ausschnitt fiel. Nina starrte ihn finster an.

"Sure. The guys have to prepare for their **college** football **careers**."

Paul mischte sich ein: "Oh, yeah, and I've heard that some boys aren't clever enough to get good grades, but if they're good at football the teachers **may turn a blind eye** to keep them in the team."

college
(U.S.) Universität
career
Laufbahn
may
werden vielleicht
to turn a blind eye
ein Auge zudrücken
unless
es sei denn
incredibly
unglaublich
talented
begabt

"Well, I suppose that might happen at college, but not really at high school. **Unless** someone is **incredibly talented**, I suppose."

"What sports do you do?" Konrad sah bei seiner Frage wirklich sehr eifrig aus.

"I'm a cheerleader. Woooooow!" Barbie sprang in die Luft und landete in einem astreinen Spagat. Ihr Busen wäre dabei beinahe in Konrads Gesicht gehüpft.

"Konrad, sag mal, hast du Chemie? Ich verstehe da was nicht." Nina zog Konrad am Ärmel und dieser erwachte nur ganz langsam aus seiner Starre.

"W…w…w…was?"

"Erde an Konrad, ich hab 'ne Frage wegen Chemie!", wiederholte Nina und zog ihn von Barbie weg.

Dass Nina Probleme mit Chemie hatte, war mir neu, aber man lernte ja nie aus.

Zu Hause musste ich erstmal Küchendienst schieben, bevor ich was zu essen bekam. Die reinste Sklavenarbeit! Und das Futter war auch wie im Knast. Ich schlang den Porree-Eintopf so schnell runter, wie es ging, damit bloß keine Geschmacksmoleküle an Zunge und Gaumen kleben blieben, denn ich hasste das Zeug wie die Pest. Dann machte ich, dass ich nach oben in mein Zimmer kam, bevor mir Mam noch ein "Wie war's in der Schule?"-Gespräch aufdrängen und sich darüber beklagen konnte, dass ich entweder mit "Geht so", "Hm, ganz gut" oder "Na ja" antworten würde, wie eigentlich immer. Was soll man zu dem Thema schon sagen?

to swear (swore, sworn)
fluchen

in vain
vergebens

Bevor ich auf meinem Stuhl saß, hatte ich schon den Finger auf dem Einschaltknopf meines Rechners. Nachdem die olle Kiste hochgefahren war, surfte ich direkt mein Blog an: Keine neuen Kommentare unter *What's wrong with us?*, dafür aber unter meinem *Ouch*-Posting:

Anonymous said:
*Please stop **swearing**. And don't forget: not all the boys in the world are as bad as you seem to think.*

Was sollte ich denn damit nun wieder anfangen? Wieso durfte ich in meinem eigenen Blog nicht mehr fluchen? Ich würde mir das ganz gewiss nicht von einem anonymen Kommentator verbieten lassen. Mir war das echt zu blöd, und so ignorierte ich die Bemerkung und schrieb ein neues Posting.

IN VAIN

Another bad grade in English ☹ Tell me, do YOU understand what I write in this blog? Is my English as bad as the teachers say? I can't believe it is. They should choose different **topics** for us to write about.

News about B.: she seems to be a real **patriot**. The performance she gave with the Pledge of Allegiance was very **impressive**. But how can anyone be **proud** of a country whose **president** starts a war just so he can win the **election**?

Posted by **ButterflyHeart** April 4th 8.12 p.m.
0 Comments

topic
Thema
patriot
Patriot(in)
impressive
beeindruckend
proud
stolz
president
Präsident(in)
election
Wahl

GIMME A 'B'

"Schaut mal, da ist die offizielle Ankündigung für den Bunten Abend." Patty deutete auf einen Zettel am Schwarzen Brett. Kurz darauf sah ich förmlich eine Glühbirne über ihrem Kopf aufleuchten.
"Sagt mal ..." Sie machte eine Kunstpause und man sah ihre Gedanken förmlich rattern. "Wenn Barbie so mit ihrem Cheerleader-Gewäsch abnervt, dann soll sie doch mal zeigen, was sie wirklich draufhat." Beifallheischend sah sie in die Runde.
"I don't understand a word!" Nina machte ihr dümmstes Gesicht. Vermutlich war sie ebenso gespannt darauf zu hören, was Patty mit ihrer Andeutung meinte, wie ich.
"Mann, ihr seid ja wieder langsam heute!" Patty nahm den Zettel hoch und wedelte damit vor unserer Nase herum. "Der Bunte A-bend! Die Vor-füh-run-gen! Hallooooo!"
Langsam glaubte ich zu wissen, worauf Patty hinauswollte. "Ach so, du meinst ..."
"Jenau! Dann soll sie doch mal 'ne Truppe auf die Beine stellen und uns Deutschen hier beibringen, was eine amerikanische Cheerleaderin können muss. Und das führen wir dann beim Bunten Abend vor. Na, was haltet ihr davon?" Sie klatschte in die Hände.
"Aber finden wir Barbie nicht eigentlich doof?", wagte ich einzuwenden. "Wieso sollten wir ihr dann helfen?"
"Na ja, irgendwie tut sie mir auch ein bisschen leid. Au-

ßerdem besteht ja immer noch die Chance, dass sie nur eine große Klappe hat und sich bis auf die Knochen blamiert!" Patty strahlte uns triumphierend an.
"Na gut. Aber wie wollen wir sie dazu bringen?", fragte ich ohne große Begeisterung. Doch dann fiel mir etwas ein, und ich unterbrach mich selbst. "Hey, so blöd ist die Idee gar nicht, vielleicht gelingt es uns damit, sie von Konrads Theatergruppe fernzuhalten, dann wäre dir doch auch geholfen, Nina."

sense
Sinn

Ninas Miene hellte sich auf, aber kurz darauf machte sie ein bemüht gelangweiltes Gesicht und versteckte sich hinter ihrem Englisch. "What have I got to do with Konrad?"
"Hey, komm, du kannst uns nichts vormachen!" Patty nahm mir die Worte praktisch aus dem Mund. "Uns kannst du es doch sagen. Es dürfte vermutlich eh jeder inzwischen gemerkt haben."
"Everyone except Konrad", seufzte Nina und gab ihren Widerstand auf. "I'm just afraid that he doesn't like me as much as I like him. He probably thinks I'm just a stupid cow. Wouldn't he have said something by now if he was interested?"
"Ich denke, du hast es so mit dem Psychokram, den dein Vater dir immer erzählt. Bist du vielleicht schon mal auf die Idee gekommen, dass Konrad sich vielleicht genauso wenig traut, dich anzusprechen?"
"But he doesn't even look at me!"
"Wie soll er denn gucken, wenn du die ganze Zeit selbst hinschaust? Da hat er doch gar keine Chance!"
"Hä? This isn't supposed to make any **sense**, is it?"

Nina kam mir echt vor wie ein absoluter Liebesanfänger, dabei war sie doch schon öfter mal verknallt gewesen. Mit Chris' Kumpel Marc war ja in San Francisco schließlich auch was gelaufen, auch wenn es sicher nicht so tief ging wie bei Chris und mir. Oder sollte es diesmal was echt Erenstes sein und sie stellte sich deshalb so dusselig an?
"Wollten wir nicht eigentlich überlegen, wie wir Barbie dazu bringen, dieses Cheerleaderzeugs zu machen?", brachte uns Patty wieder zu unserem ursprünglichen Thema zurück.
"Why don't we just ask her? We'll tell her that we think cheerleading is cool and that we'd like to **try** it **out**. We'll ask her to show us some simple **routines**. That should **boost** her **ego** enough for her to want to do it, don't you think?"
Patty und ich nickten zustimmend. Somit wäre das also auch geklärt. Obwohl ich es dem blonden Gift eigentlich überhaupt nicht gönnte, sich irgendwie wohlzufühlen. Aber eine Sache irritierte mich jetzt doch gewaltig.
"Sag mal, Nina, wieso sprichst du eigentlich andauernd Englisch mit uns?"
"My dear Britt" – Nina drückte die Schultern durch – "my dear Britt. We are about to **get involved in** one of the most ultra-American sports on the **planet**. I've **therefore** decided not to **conceal** my American **roots** any longer, but speak to you in my father's **tongue** – at

to try sth out
etw ausprobieren

routine
hier: Nummer

to boost sb's ego
jdm das Selbstbewusstsein stärken

to get involved in sth
sich mit etw beschäftigen

planet
Planet

therefore
deshalb

to conceal
verbergen

root
Wurzel

tongue
hier: Sprache

least until this evening of music and entertainment is over."
Na, das konnte ja heiter werden!

Keiner von uns wollte den ersten Schritt machen. Nicht mal Nina, die sich ja am ersten Tag so sehr bemüht hatte, Konversation mit ihr zu machen. Letztlich nahm Patty das Ganze in die Hand. Einerseits war es ihre Idee gewesen, und ich hatte sowieso den Eindruck, dass sie Barbie weniger blöd fand als wir beide.

What's up?
Was gibt's?

So schleifte sie uns hinter sich her, als wir das blonde Geschöpf nach der Schule abfangen wollten.
"Debbie, wait a minute, please!", rief sie ihr nach.
Es dauerte einen Moment, bis Barbie sich bequemte, sich zu uns umzudrehen.
"**What's up?**" Sie wickelte betont gelangweilt eine Haarsträhne um den Zeigefinger.
Patty versuchte, die richtigen Worte zu finden.
"We ... You were talking about cheerleading", begann sie, und wir forschten vergeblich nach einer Regung in Barbies Puppengesicht. "We thought it might be fun for us to try it out and perform it for the music and entertainment evening."
Barbie zog eine Augenbraue hoch, ähnlich wie meine Mutter, wenn ich wieder was gesagt hatte, was in ihren Augen bescheuert war, aber noch nicht schlimm genug, um dafür ihre Stimme zu strapazieren.
"Fun, huh?", sagte sie schließlich. "Cheerleading is a very serious thing. It's not just jumping around and making silly noises, you know. There are rules. You

have to be **disciplined**. You have to have a uniform and **pompoms**." Sie sah uns von oben bis unten an, als wollte sie herausfinden, ob wir für diesen Sport nicht womöglich ohnehin zu unförmig wären, aber offenbar hatten wir die Prüfung bestanden. "If you really want to do it, you need a teacher", sagte sie dann streng.

Na bitte, wir waren auf dem richtigen Weg. Patty hatte freie Bahn für ihre wichtigste Frage: "We wanted to ask *you* to be our teacher."

disciplined
diszipliniert
pompom
Pompon
whether
ob

Für den Bruchteil einer Sekunde war eine Mischung aus Überraschung und Freude in Barbies Mimik zu entdecken, aber das passte nicht zu ihrer aufgesetzten Coolness. Irgendwie bekam ich immer mehr den Eindruck, dass sie sich einfach nicht integrieren *wollte*, aus Gründen, die wir vermutlich nie erfahren würden.

"I'll think about it", sagte sie nur und wandte sich zum Gehen.

"Please wait! If you don't want to be our teacher, we'll have to look for someone else. And that would take too long. Anyway, we don't know **whether** a German girl could teach us as well as an American!" Patty hatte ihr sämtlichen Honig um das gut geschminkte Mäulchen geschmiert, den sie zusammenkratzen konnte. Und offenbar hatte es gewirkt. Die Vorstellung, irgendeine ahnungslose Stümperin könnte uns trainieren, wo doch jeder an der Schule wusste, dass *sie* die Expertin war, war offenbar mehr, als sie ertragen konnte.

Sie drehte sich wieder zu uns um.
"Okay. But I'm the boss. You do what I tell you to do. You don't **argue**, you don't complain. If you've got no **talent**, or you're not **willing** to give your best, you can forget it."
Wir nickten. "All right!" Beinahe hätte ich noch "sir" gesagt.
Barbie schloss die Augen und legte kurz ihre Finger an die Nasenwurzel.
"Okay, let's start with a **flyer**."
Wir müssen ziemlich dumm geguckt haben, denn sie sah uns genervt an.
"Have you ever seen a group with only three cheerleaders? The first thing we have to do is look for a computer and make a flyer for the **bulletin board** saying that we're looking for more girls to take part." Sie drehte sich um und stolzierte in Richtung Computerraum. Wir drei schlichen im Gänsemarsch hinterher. Wir hatten uns offenbar einer Diktatorin ausgeliefert, und das auch noch freiwillig.
Der Computerraum war zum Glück offen. Drei Jungs aus der Parallelklasse saßen gemeinsam um einen Rechner und zuckten zusammen, als wir hereinkamen. Dann atmeten sie erleichtert aus. Offenbar hatten sie befürchtet, ein Lehrer könnte sie dabei erwischen, dass sie nicht arbeiteten, sondern sich zum Vergnügen im Internet herumtrieben.
Als sie sahen, wie Barbie sich zu einem PC hinunter-

to argue
diskutieren
talent
Talent
to be willing
bereit sein
flyer
Flugblatt
bulletin board
Schwarzes Brett

beugte, um ihn anzuschalten, blieb den drei Helden der Mund offen stehen. Ein Phänomen, das ich nicht zum ersten Mal bemerkte. Es trug nicht dazu bei, dass meine Laune sich besserte.

Barbie vergewisserte sich, dass der Drucker angeschlossen war, und öffnete ein Word-Dokument.

"Now you have to help me. You know my German isn't that great."

"Do you speak a **single** word?", rutschte es mir heraus, aggressiver als beabsichtigt.

Sie drehte sich zu mir um und grinste. "Zicke!", sagte sie. Bei ihr klang es eher nach "Sicke", aber es war trotzdem klar, was sie meinte. Empört registrierte ich das Schmunzeln auf Ninas und Pattys Gesicht.

"Hey, that sounded **pretty** authentic, didn't it?" Nina stieß mir den Ellenbogen in die Rippen. Ich grunzte nur. Anscheinend blieb mir wirklich gar nichts erspart.

single
einziges
pretty
ziemlich
to rehearse
proben

"We should have our first meeting on Monday. I'll need to organize some things before then. Do you think we'll have to meet in the gym, or will they let us **rehearse** in the assembly hall?"

"We should meet in the assembly hall, and if we can't rehearse there we'll go somewhere else", schlug Nina vor.

Also legten wir los. Am Ende hatten wir ein ansehnliches Plakat zusammengestellt, verziert mit Grafiken von kleinen Cheerleaderinnen, die wir uns im Netz zusammengesucht hatten.

Hallo Girls, aufgepasst!
Wir stellen für den Bunten Abend eine Cheerleadertruppe unter der Leitung von Debbie Wilcox auf die Beine und brauchen Verstärkung. Magst du Sport, Musik und neue Herausforderungen, dann komm am Montag um 15:00 Uhr zum ersten Treffen in die Aula. Dort erfährst du alles Weitere.
Nina, Britt, Patty und Debbie

Mir war 'Debbie' nur unter größten Anstrengungen in die Tastatur geflossen. Was machte ich hier eigentlich? Ich hatte Nina wirklich gerne, aber das Opfer, das ich hier für sie wegen Konrad brachte, war nicht mit Gold aufzuwiegen. Ich mochte Barbie nicht und fühlte mich in ihrer Gegenwart wie ein hässliches Entlein, obwohl ich mich normalerweise nicht zu verstecken brauchte. Aber sie hatte echt alles an Minderwertigkeitskomplexen in mir hervorgekitzelt, was die Seele hergab. Wie konnte ich sie dann mögen? Wann war das halbe Jahr noch mal um? Wo ist eine Zeitmaschine, wenn man sie braucht?

Normalerweise war ich gut gelaunt, aber Paul musste langsam glauben, er hätte eine permanent frustrierte Zicke vor sich. Ich rannte ihn beinahe um, als ich im Supermarkt ein paar vergessene Zutaten fürs Abendessen besorgte, und er bemerkte meine hängenden Mundwinkel sofort.
"Sag mal, du lachst wohl gar nicht mehr, was?", fragte er, als wir beide unser Gleichgewicht wieder gefunden hatten. Ich muss schon sagen, Paul war außergewöhn-

lich aufmerksam. Wenn ich neulich sagte, Jungs hätten keine Gefühle, dann war das natürlich nicht ernst gemeint. Doch die meisten versteckten sie, und der Rest war zu sehr mit sich selbst beschäftigt, um Gefühlsregungen bei anderen Menschen wahrzunehmen. Doch Paul schien in meinem Gesicht zu lesen wie in einem aufgeschlagenen Buch.

"Sprich mich doch in fünf Monaten wieder an. Wenn ich Barbie dabei beobachte, wie sie auf Nimmerwiedersehen in einen Flieger steigt und in ihr geliebtes Amerika zurückkehrt."

"Ach, nimm die dumme Nuss doch nicht so ernst!"

Hatte er gerade 'dumme Nuss' gesagt und damit Barbie gemeint?

"Hey, du kannst ja doch lächeln! Wusst ich's doch!"

"Es ist ja nicht nur Miss Amerika. Momentan schreibe ich eine schlechte Arbeit nach der anderen. Ich war mir so sicher, dass Englisch gut wird! Und dann noch Mathe – von dem Thema, was gerade dran ist, habe ich nun gar keine Ahnung."

"Ich hab den totalen Durchblick. Wenn du magst, kann ich dir doch helfen!"

Ich sah Paul verdattert an. Ich wäre im Traum nicht auf die Idee gekommen, ihn um Hilfe zu bitten. Aber wieso eigentlich nicht? Vielleicht schaffte er es ja tatsächlich, meine drohende Mathe-Niederlage zu verhindern.

"Was ist? Willst du meine Hilfe nicht?" Ich hatte noch nicht geantwortet.

"Nein, ich meine, doch. Sehr gern sogar." Himmel, Britt, was soll denn das Gestotter? Paul denkt am Ende noch, ich wäre in ihn verliebt oder so.

"Prima!" Paul setzte sein unnachahmliches Grinsen auf. Manchmal erinnerte er mich an eine männliche Pippi Langstrumpf. "Ist morgen Nachmittag okay?"

"Sorry, aber diese Woche geht es nicht mehr. Lass uns am Montag noch mal überlegen, ja? Zum Glück schreiben wir Mathe ja erst nächsten Freitag."

"Je eher du übst, umso einfacher wird es."

"Du hörst dich an wie meine Mutter! Es geht eben nicht früher. Ich sag dir Bescheid."

Ich eilte zur Kasse und ließ zu Hause Mams Gemecker über mich ergehen, weil ich Tomatensoße und Gouda vergessen hatte, obwohl es dick und fett auf dem Zettel stand.

to appreciate
zu schätzen wissen

to make a sacrifice
ein Opfer bringen

meanwhile
mittlerweile

I can't make head or tail of P.
Ich werde aus P. nicht schlau.

GOOD TIMES, BAD TIMES

I hope N. **appreciates** the **sacrifice I'm making** to help her keep B. away from K. **Meanwhile I can't make head or tail of P.** The good news is that C. is going to visit me at home today. I hope my parents like him!

Posted by **ButterflyHeart** April 6th 7.14 p.m.
0 Comments

Besuch bei den Schwiegertigern

Ich hatte Chris seit unserem missglückten Sightseeing nicht mehr gesehen. Umso aufgeregter war ich nun und bekam vom Unterricht noch weniger mit als sonst.
“Ey, was’n mit dir heute los? Bist du auf Ecstasy oder was?” Sogar Paul war meine Unkonzentriertheit aufgefallen. Ihm fiel überhaupt ziemlich viel auf.
“So ähnlich. Ich bin völlig in Ekstase, könnte man sagen. Ich kriege heute Besuch!” Hibbelig hopste ich die Stufen zur Eingangshalle auf dem Schulhof rauf und runter.
“Lebst du sonst in einer Einsiedelei, oder was ist daran Besonderes?”
“Ihr American Dreamboy kommt heute zum ersten Mal zu ihr nach Hause”, mischte sich Patty ein. “Siehst du nicht die Herzchen in ihren Augen?”
Tolle Freundin. Der erzähle ich nichts mehr. Nina kann so was für sich behalten, aber na ja, Patty ist eben nur die Zweitfreundin, was will man da erwarten? Ich war so damit beschäftigt, mich über Patty zu ärgern, dass ich erst gar nicht bemerkt hatte, dass Paul nicht mehr neben mir stand. Erst, als ich ins Leere redete, sah ich mich irritiert um, aber er war wie vom Erdboden verschluckt und tauchte erst zum nächsten Stundenbeginn wieder auf.

Chris wartete vor der Schule. Als ich ihn sah, rannte ich los und flog in seine Arme. Irgendwie gefiel mir dieser Auftritt und ich konnte es kaum erwarten, Chris nun auch endlich meinen Eltern vorzustellen. Allerdings hatte ich für meine Begrüßungszeremonie ein bisschen zu viel Zeit gebraucht, denn aus den Augenwinkeln sah ich das Unheil in Form von Barbie auf uns zurollen.
"Oh, nein", murmelte ich, aber Chris begrüßte sie strahlend – und überdies mit einem Küsschen auf die Wange! Was war denn unser Begrüßungskuss noch wert, wenn jetzt die halbe Schule zusah, wie vertraut er mit Barbie tat?
War da neulich im Bus zwischen den beiden noch etwas vorgefallen? Etwas, das ich wissen müsste? Wieso zum Teufel versuchte ich sie dann auch noch zu integrieren, anstatt sie mit einem Tritt wieder nach Chicago zu befördern?
"Chris, can I speak to you for a minute?" Barbie wartete weder seine noch meine Antwort ab, sondern hakte sich bei ihm unter und zog ihn ein Stück von mir weg. Ich stand da wie ein begossener Pudel, als die Schülermassen an mir vorbei nach Hause zogen. Von irgendwo aus der Menge glaubte ich einen finsteren Blick von Paul zu erhaschen.
Ich sah nicht zu den beiden hin, sondern tat so, als ob ich ganz dringend in meiner Mappe etwas suchen müsste. Sie sprachen so leise, dass ich kein Wort verstand und ich ärgerte mich schwarz. Nach einer gefühlten halben Ewigkeit kam Chris wieder zu mir. "Poor girl!", sagte er, war aber nicht bereit mir zu erklären, was er damit meinte. "She's very **isolated**, isn't she?"

isolated
einsam

Mir war es völlig egal, ob sie sich hier nicht wohlfühlte, einsam oder sonst was war. Ich war einfach rasend eifersüchtig. Andererseits schien Chris sie zu mögen. Vielleicht waren ja alle amerikanischen Mädchen so, obwohl ich damals bei Amber nicht den Eindruck hatte. Wir hatten sie auf dem Flug nach San Francisco kennengelernt, und sie war längst nicht so hochnäsig gewesen. Um Chris nicht zu verärgern, behielt ich meine Gedanken jedoch für mich.

"We try to make her **feel** more **comfortable**. Nina, Patty and I asked her to teach us cheerleading for the school performance. She's agreed to be our coach. So she isn't that isolated."

Chris schien das zu beruhigen. Nervös war er wegen einer ganz anderen Sache.

"Do you think your parents will like me?"

"Sure! Nina's parents told them a lot about you, and I can't imagine they would have said anything bad. Anyway, I'll always love you, **whatever** they say."

"Let's hope for the best!" Chris schnaufte noch einmal tief durch, während ich die Tür aufschloss.

"Wir sind da-ha!", rief ich durch den Flur. Mam kam uns mit unverhohlener Neugier entgegen. Ich studierte ihren Gesichtsausdruck und stellte erleichtert fest, dass Chris optisch offenbar schon mal bestanden hatte.

to feel comfortable
sich wohlfühlen
whatever
egal was

"Nice to meet you, Chris! Welcome to Berlin!"

"Hello, nice to meet you too", sagte Chris. Mein Liebster, der vor der Kamera völlig locker agierte, wirkte plötzlich schüchtern. Irgendwie war das ja voll süß.

"Please sit down", sagte meine Mutter und deutete auf die Küchenbank. Auf dem Tisch duftete ein Apfelkuchen lecker vor sich hin.
"Happich gebacken!" Sophie war gerade in die Küche gehopst und strahlte Chris an.
"Du musst Englisch mit ihm sprechen, Sophie. Du musst sagen ..." Ich flüsterte ihr etwas ins Ohr.
"I baked – was war das noch mal?" Sie zog die Nase kraus und hielt mir noch mal ihr Ohr hin. Ich flüsterte den Satz noch mal.
"I baked it myself!" Dabei streckte sie die Brust raus und machte eine Miene, als hätte sie soeben einen Oskar fürs Kuchenbacken erhalten.
"With a little help from her **mummy**." Mam lächelte und schnitt den Kuchen an. Während sie die Stücke verteilte, ließ sie mich wissen, dass Paps im Büro aufgehalten wurde und nicht wusste, ob er rechtzeitig zurück sein würde.
"Mmmh, that tastes good!", sagte Chris zu Sophie gewandt, als er den ersten Bissen probiert hatte. Sophie strahlte nun noch mehr als zuvor. Auch wenn sie die Worte vermutlich nicht verstand, so war die Aussage doch klar. Ihr Herz hatte er offenbar schon erobert. Aber auch Mam schien sehr angetan und redete auf ihn ein.

mummy
Mama

"We've heard a lot about you. Nina's parents told us that you saved Britt's life in San Francisco."
"No, no, it was nothing", wehrte Chris ab und ich fragte mich, was unsere Eltern eigentlich noch so alles über uns tratschten. Ich hatte extra darauf geachtet, meinen

Eltern nicht zu erzählen, dass ich mich in den USA kurz in Gefahr befunden hatte, und auch nicht, wie sehr ich mich bei Nicholas Stevenson zum Deppen gemacht hatte.
"Oh, don't say that! We're very happy to have our daughter back **in one piece**. **Credit where credit's due.**" Sie lächelte.
Als wir unseren Kuchen gegessen hatten, wollte ich sofort mit Chris in mein Zimmer, aber Sophie tat ihm noch ein Stück auf.
"You're a little sweetheart." Chris gab ihr einen Nasenstüber.
"Was hat er gesagt, Britt?"
"Das du ein kleines Stinktier bist", log ich.
"Gaaa nich wahr!", brüllte Sophie mich an. Chris wäre fast die Gabel aus der Hand gefallen.
"Er hat gesagt, du bist ein kleiner Schatz. Er kennt dich ja auch noch nicht näher."
"Bäääh!" Sophie streckte mir ihre kuchenverschmierte Zunge raus.
Chris beeilte sich mit dem Essen und wir gingen endlich hoch. In meinem Zimmer schaute er sich kurz um und ging dann ans Fenster.
"Nice view."
"You like it?" Ich fand die Aussicht ziemlich langweilig. Man sah bloß unsere Straße und andere Einfamilienhäuser, die alle nicht besonders aufregend aussahen.
"It's nothing compared to San Francisco. I love all those huge buildings and the view over the **Bay area**. I hope

in one piece
heil
Credit where credit's due.
Ehre, wem Ehre gebührt.
bay
Bucht
Bay area
Region um San Francisco

I'll go back there one day." Ich seufzte. Es hatte mir wirklich sehr gut dort gefallen, mal ganz abgesehen von der Begegnung mit Chris.
"Would you like to stay there forever?" Chris' Gesicht war jetzt ganz nah an meinem.
"If you'd like me to."
Chris' Lippen berührten meinen Mund, und was fiel mir dazu ein? Ich hoffte, Barbie würde zufällig durch unsere Straße gehen und Chris und mich so innig knutschend am Fenster stehen sehen. Wieso konnte ich den Kuss nicht einfach bloß genießen?
Er zog mich zu meinem Bett, wir ließen uns in die Kissen fallen, und ich musste erstmal meinen Plüsch-Snoopy unter mir wegziehen, weil er am Rücken drückte. Das hielt uns jedoch nicht weiter auf, und wir küssten und streichelten uns – bis Paps eine Millisekunde nach dem Anklopfen die Tür aufriss und überhaupt kein bisschen peinlich berührt war.

It's a pleasure.
Sehr erfreut.

"Hello, Mr Mallory! I've heard a lot about you. **It's a pleasure** to meet you now!" Er streckte Chris die Hand hin, der sich verlegen erstmal die verwuschelten Haare aus der Stirn strich.
"Na, was muss ich denn da sehen, Britt? Seid ihr dafür nicht noch ein bisschen zu jung?"
"Mensch, Papa", sagte ich und verdrehte die Augen. "Wir machen doch gar nichts!" Das Timing war wirklich bescheiden. Dass ich aber auch vergessen hatte, die Tür abzuschließen!
"Please – I'm Chris", sagte Chris. "Not Mr Mallory."
"Womit wir das dann auch geklärt hätten." Paps grins-

te. “Ach übrigens, unten in der Küche wartet ein junger Mann auf dich, Britt.”
Wer, bitte, konnte das denn sein? Und wieso gerade jetzt, wo ich endlich mal ungestört mit Chris zusammen sein wollte? Achselzuckend ging ich hinunter, während Paps auch noch meinte, er müsse Chris die Situation erklären.
“There’s a young man waiting for Britt in the kitchen.”
Daraufhin folgte Chris mir natürlich.
Auf dem Weg die Treppe hinunter hörte ich Sophie plappern. Offenbar hatte sie dem Gast ebenfalls ihren Apfelkuchen aufgeschwatzt. Mir kam die andere Stimme bekannt vor. Als ich um die Ecke bog, war mir auch klar, weshalb: Auf der Küchenbank, exakt dort, wo vorhin noch Chris gesessen hatte, thronte nun – Paul.

to bother sb
jdn belästigen
honey
Süße(r)
timing
Timing

“Was machst du denn hier?” Ich war stocksauer. Schließlich hatte Patty ihm in der Schule doch brühwarm erzählt, was ich heute vorhatte. Und hatte er nicht Chris und mich vor der Schule gesehen? Was sollte das jetzt?
“Deine kleine Schwester hat mich zum Kuchenessen überredet.”
“Ich bin ja nicht blind. Aber weshalb bist du überhaupt hier aufgetaucht?”
Chris stand inzwischen hinter mir und legte seine Arme um meine Hüften. “What’s up with this guy? **Is** he **bothering** you?”
“No, **honey**, it’s nothing. Just bad **timing**. He’s a classmate.”

Ich bemerkte, wie Paul auf Chris' Hände starrte, die mich noch immer festhielten. Er zögerte kurz, machte aber dann doch endlich den Mund auf.
"Mein Biobuch. Du musst es eingesteckt haben. Ich kann ohne das Ding aber die Hausaufgaben nicht machen."
"Ich hab dein Biobuch nicht!"
"Doch, ich denke schon. Ich hab nämlich dein Englischbuch. Wir müssen beim Einpacken was vertauscht haben."
Paul zog das Buch aus der Tasche und legte es auf den Tisch. Ich verstand nur noch Bahnhof.

schoolbook
Schulbuch

"Das kann überhaupt nicht sein. Ich hatte das Englischbuch heute gar nicht ausgepackt."
"Britt, nun sei doch so nett und schau in deiner Mappe nach."
Na klar. Mam musste sich natürlich auch noch einmischen. Ich gab Chris einen Kuss.
"I'm sorry. I have to look for a **schoolbook**. I'll be right back."
Damit verschwand ich nach oben und trampelte dabei mehr als nötig auf der Treppe herum.
Als ich in meiner Schultasche wühlte, stieß ich tatsächlich auf zwei Biobücher. Das von Paul und mein eigenes. Unten in der Küche knallte ich es auf den Tisch.
"Tut mir leid. Hab ich überhaupt nicht mitgekriegt. War's das?"
"Britt Inga Solvenstein! Sei nicht so verdammt unhöflich zu deinem Gast! Wo bleiben deine Manieren?" Mam war jetzt wirklich sauer.

“Ist schon gut, Frau Solvenstein. Ich habe ja nun, was ich wollte.” Paul grinste mich an. “Tschüs, Britt Inga. Und bye bye, Chris!” Er verschwand zur Tür hinaus.
“Maaaam, war das wirklich nötig, dass du Paul meinen zweiten Vornamen verraten hast? Das ist soo peinlich!”, jammerte ich, kaum dass Paul gegangen war.
“Dann benimm dich nächstens etwas freundlicher, wenn du Besuch bekommst. Das war ja völlig daneben eben”, entgegnete sie ungerührt und räumte den Tisch ab.
Ich blickte Mam nur böse an und wandte mich dann an Chris. “Let’s go upstairs again”, sagte ich und wollte ihn hinter mir herziehen, aber er blieb stocksteif stehen. Irritiert schaute ich zu ihm hoch.

babe
Schatz
crew
Crew
schedule
Zeitplan
It's not worth (it).
Es ist es nicht wert.
kissing
Knutscherei

“I’m sorry, **babe**. I still haven’t had a chance to tell you: the film **crew** changed my **schedule** last night. Belinda wants me to be on set at five o’clock. **It’s not worth** going upstairs again – I’m afraid I have to leave right now. But it was very good to meet you, Mr and Mrs Solvenstein.”
Chris schüttelte zuerst meiner Mutter, dann meinem Vater die Hand und ich stand daneben, als hätte mir jemand eine Holzlatte vor die Stirn geschlagen. Ich hörte wie durch Watte, dass er zu meinen Eltern sagte: “You have a very lovely daughter.”

VERY STRANGE

I can't quite believe it, but it looks as if C. has already gone. We had a date today, here at my house, and he left after just one hour. We had five minutes of **kissing** in my room, and then we were interrupted. That was the end of a beautiful day. **Let's face it**: I have the feeling that C. lied to me. I **bet** he would have stayed longer if P. hadn't interrupted us.
Oh, yes. P. That was really weird! I've **never ever** taken his Biology book! And my English book was in my school bag the whole day. Perhaps he **switched** our books when I wasn't looking? But why?
And then my mom **totally embarrassed** me by calling me by my middle name! They **named** me after a German singer from the 'Neue Deutsche Welle' (it was in the 80's, of course), but I can't stand that name! And now P. knows and he's sure to **tease** me about it. Oh my God, I wish I was invisible!
As if that wasn't bad enough, we have our first cheerleading practice with B. on Monday. ☹ Just thinking about it is enough to ruin my whole weekend.

Let's face it. Machen wir uns doch nichts vor.
to bet (bet, bet) wetten
never ever nie und nimmer
to switch austauschen
totally total
to embarrass sb jdn in Verlegenheit bringen
to name nennen
to tease sb jdn hänseln

Posted by **ButterflyHeart** *April 6th 5.34 p.m.*
0 Comments

Kalte Katzen

Es war klar, was kommen musste: Kaum hatten wir wieder Englisch, stürzte sich Herr Bäumler auf Barbie.
"Deborah, we were interrupted by the bell last time after you **recited** the Pledge of Allegiance. I thought it was very impressive. Maybe it would do German pupils good to have a bit more **discipline** and a few **routines** like that in school."
"Oh, it's not just a routine. We believe what we're saying."
Herr Bäumler konnte mit dieser Aussage offenbar ebensowenig umgehen wie ich. Vielleicht wollte er auch keinen Streit über Patriotismus vom Zaun brechen. Dafür löcherte er sie weiter.

to recite
vortragen
discipline
Disziplin
routine
hier: Ritual
the other way round
andersrum
particular
bestimmt
equipment
Ausstattung

"Tell us more about your normal school day."
"Well, like I said, we have seven classes every day. In Germany, pupils stay in their classrooms and the teachers come to them. In America, it's **the other way round**. Every teacher has their own classroom, and the pupils go there to take that **particular** class."
"Which do you prefer?"
"Our system, of course."
Klar, was sonst? Aber Barbie hatte tatsächlich eine plausible Erklärung dafür.
"Our classrooms have better **equipment**. The teachers

have DVD players, big maps, games and other **educational material** in their rooms. Classes are more interesting like that. In Germany, a teacher will think twice about carrying a TV through the whole school just for one class."

"But then you have to carry your school bags with you all the time", wagte Paul einzuwenden.

educational material
Lernmaterial
locker
Schließfach
corridor
Flur
TV series
Fernsehserie

Barbie drehte sich mit liebreizendem Lächeln zu ihm um. "No, of course not. We have **lockers** for our stuff."

Sie schmalzte ihn dermaßen zu, dass mir beinahe schlecht wurde. Ich hatte keine Ahnung, was 'lockers' waren, aber Herr Bäumler hakte nach.

"By 'lockers' you mean the little cupboards in the **corridors** that we see in American movies and **TV series**?"

"That's right, Mr Bäumler." Barbie strahlte ihn an.

Ich musste kichern, weil sie seinen Namen nicht richtig aussprach. Bei ihr klang es wie 'Mister Biumlar'.

Natürlich traf mich sofort ein vernichtender Blick. Ein Grund mehr, weshalb ich mich am liebsten vor diesem Cheerleader-Integrations-Projekt-Quatsch gedrückt hätte, aber ich konnte Patty und vor allem Nina, wegen Konrad, ja schlecht im Stich lassen.

Dabei hätte ich dann am Nachmittag tatsächlich einen echten Grund dafür gehabt, denn ich musste auf Sophie aufpassen, weil meine Mutter einen Zahnarzttermin hatte, zu dem sie Sophie nicht mitnehmen wollte. "Die Kleine muss ja meine Schmerzensschreie nicht unbedingt hören", war ihr Argument gewesen.

"Ich habe gehört, dass sie inzwischen eine Betäubungsspritze erfunden haben, Mam", wagte ich einzuwenden, aber sie war schon halb aus der Tür.
"Tu mir einfach den Gefallen, Süße. Bis später!" Und weg war sie. Zum Glück war Sophie nicht mehr so biestig wie früher, also konnte ich es wohl hoffentlich riskieren, sie zu unserer Cheerleader-Vorbesprechung mitzunehmen. Ich packte ihr Malbuch ein und Stifte. Gemeinsam brachen wir zur Schule auf.
Als ich ankam, war noch niemand außer Barbie da, und die textete ihr Handy zu. Sie stand mit dem Rücken zu mir. "Okay, Chris", hörte ich sie sagen. "Great, let's do that."
Mein Blutdruck stieg und ich versuchte mir einzureden, dass es ja auch eine Freundin von ihr sein könnte. Schließlich gab es ja mehr als einen Chris, Christian oder Christina auf dieser Welt.
"Bye, Chris, see you!", sagte sie dann, klappte ihr Handy zu und drehte sich zu uns um.
"Oh, hi, Britt! Your boyfriend's really nice. You're so lucky to have him!", sagte sie und hob ihr Handy in die Höhe, sodass auch der letzte Zweifel beseitigt war, mit wem sie gerade telefoniert hatte. Ich stand vor ihr wie angenagelt. Was hatte diese dumme Kuh mit meinem Freund zu schaffen? Mit mir telefonierte er so gut wie nie, weil er wegen der Dreharbeiten kaum Zeit hatte, aber für das Blondchen war er abrufbereit? Das konnte ja wohl nicht sein Ernst sein. Ich hätte alles dafür gegeben, herauszufinden, was die beiden besprochen hatten. Ich wollte mich schon umdrehen und wieder gehen, da hatte Barbie sich zu meiner kleinen Schwester heruntergebeugt.

"Hi, **sweetie**! What's your name?"
Als die Kleine nicht antwortete, zeigte Barbie auf sich selbst und sagte betont langsam: "My name is *Debbie*." Dann deutete sie auf meine Schwester. "What's *your* name?"
"Sophie", sagte Sophie und lächelte. Offenbar hatten die zwei in diesem Moment Freundschaft geschlossen, und ich wünschte sie beide zur Hölle.
"What a lovely name: Sophie!" Barbie betonte den Namen auf der ersten Silbe. "Do you want to be in our cheerleader team? You could be our **pee-wee**! It'll be fun!"

sweetie
Süße(r)
pee-wee
Winzling
gimme (= give me)
gebt mir

Komisch, zu uns hatte sie gesagt, es wäre harte Arbeit und kein Spaß, aber Sophie schien irgendwas in Barbie ausgelöst zu haben.
"Was hat sie gesagt, Britt?", fragte Sophie mit ihrem Lispelstimmchen und ich murrte: "Sie will wissen, ob du bei dem Cheerleader-Rumgehüpfe mitmachen willst."
"Au ja!", rief Sophie und strahlte. Sie hatte das schon mal gesehen, als wir mit Nina und ihren Eltern zu einem American-Football-Spiel der Berliner Adler gegangen waren. Anschließend hatte sie das ganze Wochenende über "**Gimme** a 'B'!" gerufen, ohne zu begreifen, was das überhaupt sollte.
Barbie kramte in der überdimensionalen Trainingstasche, die neben ihren Füßen stand, und förderte zwei goldfarbene Puschel zutage.
"Look!" Sie wedelte Sophie damit vor der Nase herum, bis sie kicherte. "We call them pompoms. They're im-

portant for the show." Ich machte keine Anstalten, den Satz für Sophie zu übersetzen.
"Sie sind wiktig for der, what do you call it, Auf-fuhrung."
"Oh, du kannst ja doch Deutsch!", stellte Patty fest, die gerade mit Nina den Gang entlang gekommen war.
"Not really." Barbie fuhr fort, Sophie mit den Pompoms zu kitzeln.
Nach und nach füllte sich der Platz vor der Aulatür, bis schließlich Herr Franke, der Hausmeister, kam und die Tür aufschloss.
"One and a half hours?", fragte er, allerdings klang es bei ihm wie 'Wonn and a haff aua'.
"Yes, Mister Fränkiiiee. If that's okay with you?" Barbie zeigte ihr strahlendes Lächeln, bei dem sie ihre perfekt zurechtgebogenen Designerbeißerchen entblößte, und auch der Hausmeister schaute nicht so muffelig wie sonst. Normalerweise tat er immer, als wäre es eine Zumutung für ihn, wenn er uns einen Raum aufschließen sollte. Aber wir anderen trugen ja auch keine Miniröcke und Dekolletés bis zum Bauchnabel.
"Okay, let's go!"
Barbie trieb uns in die Aula, wo wir uns alle Sportzeug anzogen. Darauf hatte sie bestanden. Sie scheuchte uns geschlagene zehn Runden um die gesamte Aulabestuhlung und ich fragte mich ernsthaft, was ich verbrochen hatte. Dabei hatte es noch gar nicht richtig angefangen. Barbie hatte inzwischen eine Steckdose gefunden und den Ghettoblaster angeschlossen, den sie wer weiß wo aufgetrieben hatte. Wir mussten zur Musik herumhopsen und Gymnastik machen. Als ich

mich auf den Boden fallen ließ und verkündete, das ich beim besten Willen nicht mehr könne, sagte Barbie spöttisch: “Britney, this is only the **warm-up**!”
Ich hasste sie. Ich hasste sie für die Quälerei, ich hasste sie dafür, dass sie hinter meinem Rücken mit Chris telefonierte, ich hasste sie, weil sie mich vor allen Leuten Britney genannt hatte. Wie lange würde es wohl dauern, bis ich in der ganzen Schule diesen Spitznamen für immer weg hatte? Bislang war noch niemand darauf gekommen, mich nach dieser singenden Hohlbirne zu benennen, und das sollte bitteschön auch so bleiben. Apropos schreckliche Namen: Paul hatte meinen zweiten Vornamen offenbar für sich behalten. Komisch. Anscheinend hatte er seinen Kumpels auch nichts von meinem fürchterlichen Nachmittag mit Chris und Barbie erzählt. Langsam kam ich nicht mehr mit. Aber das war jetzt egal – ich war ja augenblicklich mit Barbie-Hassen beschäftigt.

warm-up
Aufwärmtraining

Die Einzige, die ganz offensichtlich ihren Spaß hatte, war Sophie. Sie hüpfte noch immer wie ein kleiner Flummi auf und ab und wurde dafür von unserer Obercheerleaderin mit einem ganz und gar nicht barbiehaften Lächeln bedacht. Es lag eine Wärme darin, die ich dem Plastikpüppchen gar nicht zugetraut hatte, und es gab mir einen Stich. Mir wäre es lieber gewesen, wenn sie keinerlei menschliche Züge offenbart hätte, dann wäre es noch viel einfacher, sauer auf sie zu sein.
Ich sah ihr mit zusammengekniffenen Augen dabei zu, wie sie auf die Bühne kletterte.
“Hey, don’t look so angry. You’re doing it for a good cause”, wisperte Nina mir ins Ohr.

"Ja, und am Ende hast du deinen Konrad, dafür stehe ich dann ohne Chris da, wenn mir nicht bald etwas einfällt." Bevor Nina nachfragen konnte, breitete Barbie ihre Arme aus und erhob die Stimme.
"Quiet, girls! I'm going to introduce you to the secrets of cheerleading. As you can guess from the name, our job is usually to **cheer up** the **audience during** the break in a **football match**, a baseball or basketball game. But **since** we won't be **performing** at a sports match, all we have to do is cheer up the audience at the evening of music and entertainment. Right: I want to do some simple **choreography** with you, and then maybe we'll do some more difficult stuff. But first of all I have to see how you get on with the easy steps."
"Was is mit den Puschels?", fragte Sophie in die Runde und zeigte auf die goldglänzenden Pompoms, die Barbie neben sich auf den Bühnenrand gelegt hatte.
"Oh, the pompoms! They're an important part of our choreography. We usually perform in huge sports **arenas** where people wouldn't even see us dancing without these **glittering** things. Okay. Let's start with a **combination** of very simple steps."
Sie schnappte sich die Pompons und hielt sie hoch über ihren Kopf. Dann zog sie abwechselnd die Knie hoch und klatschte im Takt, während sie etwas rief, das

to cheer up
aufmuntern
audience
Publikum
during
während
football match
Footballspiel
since
da
to perform
hier: auftreten
choreography
Choreografie
arena Stadion
glittering
glitzernd
combination
Kombination

wie ein Abzählreim klang, wenn man nicht auf den Text achtete:

"Come on, girls, let's have some fun
Cool Cats are the number one!
We don't care ***'bout*** *all the rest*
We are Cool Cats, we're the best!"

Dann sprang sie in die Luft und schrie "Wooooooooh!"
"Wassis Kuhlkets?", fragte Sophie.
"*Debbie's Cool Cats*, that's the name of our cheerleading team!", rief Barbie begeistert aus. "Every team has to have a name. And I think you're cool, aren't you?"
"Yes, we're cool!", riefen drei Mädchen, die im Jahrgang unter uns waren und deren Namen ich nicht kannte.
Cool Cats. Vermutlich mussten wir froh sein, dass sie uns nicht 'Happy **Bunnies**' nennen und uns mit langen Ohren und Puschelschwänzchen auf die Bühne stellen wollte. Ich schüttelte gedankenverloren den Kopf, aber Barbie hatte es natürlich gesehen.

'bout (= about)
bunny
Häschen
objection
Einwand
to calm down
sich beruhigen
to upset sb
jdn verärgern

"What's up, Britney? Any **objections**?"
"My name is Britt, not Britney!", fauchte ich sie an.
"Okay, **calm down**, I thought Britt was short for Britney. Sorry if it **upset** you. Do you have a problem with the name for the team as well?"
Nachdem sie sich beinahe schon zerknirscht bei mir entschuldigt hatte, konnte ich mich ja schlecht auch

noch über den Gruppennamen mokieren und brummte nur was von "No, that's okay". Sie machte es einem wirklich schwer, vollkommen sauer auf sie zu sein.
Nachdem niemand mehr etwas sagte, verteilte sie Glitzerpuschel an alle und zeigte uns, wie man sie halten musste. "It's better to get used to them from the beginning."
Sie machte uns den Reim und die Schritte noch einmal vor. Dann versuchten wir es alle zusammen, und es ging erstaunlich gut. Sogar Sophie quakte fröhlich mit, so wie sie es eben verstand.
"Now I'll do the first line, and you repeat it afterwards", befahl Barbie schließlich. "We'll do that with every line. And then 'Woooooooh!' together."
Nach einigen Versuchen klappte auch das. Barbie sah zufrieden aus. Nun war es auch nicht super schwierig gewesen, aber zehn Mädchen musste man ja trotzdem erst einmal halbwegs synchron hinkriegen.
Als wir uns umzogen, hockte sich Barbie vor Sophie hin: "Hat Spass gemakt?", fragte sie und Sophie nickte. "Wollen du komen next Mal?"
"Darf ich?" Sophie schaute zu mir hoch.
Ich nickte seufzend. Was blieb mir übrig? Wenn Sophie Kulleraugen machte, konnte ich ihr keinen Wunsch abschlagen. Nicht mal diesen.
Ich war froh, als wir uns endlich auf den Heimweg machen konnten.
"What's wrong with you, Britt? Debbie's not *that* bad."
"Ach, du nennst sie bereits bei ihrem richtigen Namen! Hab ich was verpasst? Und hör endlich auf mit deinem dämlichen Englisch-Generve." Nina hatte es sicher

nicht verdient, dass ich sie so anfauchte, aber ich hatte mich in letzter Zeit überhaupt nicht mehr im Griff.
"Good God! **What the hell**'s happened to you? Why are you behaving like this? It's not like you at all."
Ich antwortete erst mal nicht, sondern sah Sophie zu, wie sie auf dem Weg vor uns herumhopste und immer wieder den Cool-Cats-Schlachtruf sang.
"Sie hat mit Chris telefoniert, als ich vorhin kam. Und sie hat es mir auch noch ganz schamlos erzählt und gesagt, was ich doch für ein Glück habe, so einen netten Freund zu haben. Eine Frechheit ist das!"
"But if she told you about it, it's probably completely **innocent**."
Vielleicht wäre mir das auch so erschienen, wenn ich die Situation von außen hätte betrachten können. Aber ich war mittendrin, und es genügte völlig, dass Chris offenbar mehr Zeit für sie hatte als für mich. Dabei fiel mir wieder ein, wie er beinahe fluchtartig unser Haus verlassen hatte, obwohl er sich ursprünglich den Rest des Tages für mich freigenommen hatte, und ich wurde noch ein bisschen wütender. Vermutlich sah ich von weitem bereits aus wie eine Killertomate.
Nina war schon wieder dabei, eine Entschuldigung für Barbie zu finden: "Look, think about it. There's no one here she can really talk to, who knows what it's like to grow up in the States. Perhaps she's just glad to have found a **fellow-countryman** who understands her."
"Dann soll sie endlich richtig Deutsch lernen. Ich habe den Eindruck, du und Patty, ihr nehmt mich auch nicht

what the hell
was zum Teufel
innocent
harmlos
fellow-countryman
Landsmann

ernst. Sieh mal, ich war bei eurem Plan sofort dabei, damit sie ihre Klauen nicht weiterhin nach Konrad ausstrecken sollte, aber ihr seid *mir* wirklich keine Hilfe!"

Ich war zu nichts mehr zu gebrauchen. Als ich nach Hause kam, verdonnerte Mam mich zum Abtrocknen und mir gingen prompt zwei Teller zu Bruch. Ich fauchte Mam an, weshalb wir eigentlich die einzige Familie weit und breit wären, die noch immer keinen Geschirrspüler hat. Daraufhin erklärte sie mir zum hundertsten Mal, dass wir einen bekämen, sobald sie eine neue Küche ausgesucht hätten, und dass ich bitte nicht so aggressiv sein solle. So ein Gesäusel war genau das, was mir zu meinem Glück noch gefehlt hatte! Öl ins Feuer, könnte man sagen, jedenfalls blaffte ich sie an, dass sie dann ja vielleicht auch endlich mal eine Küche aussuchen sollten, nachdem sie schon gefühlte fünf Jahre davon redeten. Das kam nicht gut, und Mam, die mit meinen Tobsuchtsanfällen schlecht umgehen kann, schob mich wortlos aus der Küche und schloss die Tür ab.

"Und dass du dich demnächst mit Chris triffst, kannst du auch vergessen!", hörte ich sie noch rufen, bevor ich wutschnaubend die Treppe nach oben stapfte und mich in meinem Zimmer mit Musik von Rammstein zudröhnte. Dabei zeichnete ich Barbie, wie sie am Boden lag, einen Dolch in der Brust. Chris und ich spazierten einfach über sie drüber. Ich stellte mir vor, was ein Psychologe zu diesem Bild sagen würde, und riss es vorsichtshalber in kleine Fetzen. Man konnte ja nie wissen.

Dann schaltete ich den Rechner an.

WHAT HAVE I DONE TO DESERVE THIS?

Dear blog, no one seems to understand me, so you're the only one I can tell about everything that's going wrong in my life. Maybe some readers will understand and **sympathize with** me.

I already told you about B. She's a **nightmare**, believe me! She talks on the phone to MY boyfriend, although he hasn't got any time for ME! I had to join that stupid cheerleading project because of N., and now I have to do everything she tells us to. I feel like a **jumping jack**! The worst thing **though** is that she likes my sister. And sometimes she seems to be only half as bad as I want her to be. Do you understand my problem? I feel like I can't hate her as much as I want to.

B., keep your **hands off** my boyfriend!

Dear blog, I'm going to go mad, but no one will listen to me.

Posted by **ButterflyHeart** *April 9th* *6.40 p.m.*

0 Comments

to deserve
verdienen

to sympathize with sb
mit jdm Mitleid haben

nightmare
Albtraum

jumping jack
Knallfrosch

though
aber

Hands off!
Finger weg!

SPECIAL GUESTS

Zum Glück waren meine Eltern vergesslich, und so dachte Mam auch nicht mehr an das Chris-Verbot, als am nächsten Tag ein 7er BMW vor unserer Tür hielt, mit dem ich zum Filmset gefahren werden sollte. Sie war nur sehr erstaunt, welcher Aufwand betrieben wurde, um ihre Tochter zu ihrem Freund zu bringen. Chris hatte Nina und mich nämlich vor einer Weile schon eingeladen, an einem Drehtag mit dabei zu sein, und ich hoffte, er bereute es nicht inzwischen. Ich wusste jedenfalls nicht mehr, was ich überhaupt noch von allem halten sollte.

Der Fahrer hieß Klaus, war vielleicht dreißig und ziemlich schweigsam. Ich erinnerte ihn daran, dass er auch noch Nina abholen sollte. Als sie zustieg, wurde es sofort lebendig im Wagen.

“Wo geht es eigentlich hin?”, wollte sie von Klaus wissen.

“Ludwig-Kirch-Platz. Wir drehen eine Szene in einem Lokal.” Mehr war aus Klaus nicht herauszubekommen. Dafür redete Nina während der gesamten Fahrt über Konrad und wie sie es geschafft hatte, sich bei einer seiner Proben für den Sketch am Bunten Abend einzuschmuggeln. Ich hörte nur halb zu, weil ich immer noch meinen Gedanken nachhing und hoffte, dass das Telefonat mit Barbie wirklich nichts zu bedeuten gehabt hatte.

Wie das Lokal eigentlich hieß, war nicht mehr zu erkennen, denn das Filmteam hatte ein eigenes Schild aufgehängt. "ANSON's" stand darauf, schön international nichtssagend; vermutlich, damit die amerikanischen Zuschauer sich nicht mit komplizierten berliner Kneipennamen herumschlagen mussten, wie etwa *An einem Sonntag im August* oder *Die Legende von Paul und Paula*. Außerdem waren die Fenster von außen verhängt und gleichzeitig mit Scheinwerfern bestückt. Da diese noch nicht eingeschaltet waren, war es drinnen ziemlich duster, und ich hatte Mühe Chris in dem schummerigen Halbdunkel überhaupt zu finden.

There's no need to be.
Es gibt überhaupt keinen Grund dafür.

Letztlich fand *er* mich. Er legte von hinten seine Hände auf meine Augen.
"Guess who!"
"Santa Claus?", fragte ich mit gespielter Naivität, als er mich auch schon herumdrehte und küsste.
"I missed you!"
"Really?" Ich wollte nichts dazu sagen, das hatte ich mir fest vorgenommen, aber mein Mund sprach auch ohne mein Zutun weiter. "I thought you'd rather be with Debbie. You called her on the mobile."
"Hey, wait a minute." Chris trat einen Schritt zurück und sah mich entgeistert an. "She called *me*! She feels very lonely here, and she doesn't have anyone she can talk to."
"Did you give her your phone number?"
"Sure. She's American. Why shouldn't I?" Dann lächelte er. "You're so sweet when you're jealous, Britt. But **there's no need to be**, believe me." Chris machte Kulleraugen wie ein Hundewelpe und da konnte ich gar

nicht anders und musste lachen. Aber ein Rest von Zweifel blieb in einer Ecke meines Herzens, da konnte er noch so süß schauen. Ich fand sein ganzes Verhalten in letzter Zeit seltsam.

Ich hatte jedoch keine Zeit weiter darüber nachzudenken, denn in diesem Moment rauschte Belinda an, Nina im Schlepptau.

"Hey, Britt, darling!", dröhnte sie und quetschte mich an ihren Busen, so dass ich beinahe keine Luft mehr bekam. "I'm glad you are here! Chris **is**n't **concentrating on** his **acting the way** he usually does. He seems to be **distracted** by more important things. Maybe it'll be better with you around. Why don't you sit down and get **yourselves** something to drink and to eat!"

to concentrate on sth
sich auf etw konzentrieren

acting
Schauspielerei

the way
wie

distracted
abgelenkt

yourselves
euch

location
Drehort

Hunger hatten wir noch nicht, also bestellten wir zwei Cola.

"Lunch is at 2 p.m., when we take a break. I hope we'll have finished shooting this scene by then!" Sie verdrehte die Augen und rauschte in die andere Ecke des Lokals, wo sie an zwei Schauspielerinnen herumzupfte, bis sie einigermaßen zufrieden war. Jeder ihrer Auftritte hatte etwas von einer Naturgewalt.

Wir saßen gemeinsam mit Chris in einer Ecke des Lokals. Noch war nicht viel passiert und so hatten wir noch Zeit uns zu unterhalten. Nina ließ ihrer Neugier freien Lauf.

"What about all the **locations** that aren't built in a stu-

private privat
assistant director Regieassistent(in)
location scout *jemand, der mögliche Drehorte ausfindig macht*
to check out ausfindig machen
suitable passend
furniture Möbel
no big deal keine große Sache
to repaper neu tapezieren
to replace ersetzen
plant Pflanze
to reconstruct rekonstruieren
to redecorate renovieren
to rent sth out etw vermieten
fussy pingelig
damaged beschädigt

dio? Like this place, or **private** rooms. How do you find them?"
Chris überlegte einen Moment und nahm einen großen Schluck Cola, bevor er antwortete.
"As far as I know, our **assistant director** arranges that. Sometimes he works with **location scouts** who **check out suitable** places."
Chris hatte Ninas Wissbegierde aber noch nicht völlig befriedigt.
"If you find a private apartment, and the rooms are perfect but the **furniture** isn't right for the film, what do you do?"
Chris lachte.
"Oh, that's **no big deal**. We pay to use an apartment, a restaurant, an office or places like that. If the wallpaper is the wrong colour, we **repaper** the walls. And we **replace** all the furniture, the carpets, the **plants**, until they're exactly right. Or we buy new things. And afterwards, we **reconstruct** everything the way it was before."
"That's a lot of work", sagte ich mitfühlend.
"Yeah, but I don't have to deal with that. I just have to act. And wait. That's the main thing." Er sah seufzend auf die Uhr. "If you want to **redecorate** your apartment, the best thing you can do is **rent** it **out** for a film. But of course you can't be too **fussy**, because sometimes things do get **damaged**."

Nina sah uns unternehmungslustig an. "I've got a brilliant idea! I'll rent out my room to a film **production company**! I can't stand that yellow **wallpaper** any longer, but my parents say I can't re-decorate my room every year."
"Oh, really? Your parents didn't seem this cruel when I met them last year." Chris zwinkerte Nina belustigt zu.
Ich schaute derweil in das Gewimmel der Techniker, deren Aktivitäten mir zum Teil höchst schleierhaft waren. Zach lief mit einem Maßband zwischen der Kamera und einem Mann umher, den Chris ein "**stand-in**" nannte.
"The actor is still in the **dressing room**, and the guy **operating** the camera has to **measure distances** and **position** the lights. So this man is **standing in for** the actor."
"We're ready for the first **take**!", rief Belinda in die Menge. Chris war noch nicht dran, also blieb er bei uns sitzen. Wir mussten mucksmäuschenstill sein, sobald der Aufnahmeleiter "Action!" gerufen hatte.
Dann starrte der Regisseur, ein Typ um die fünfzig mit hellgrauem Haarkranz, kariertem Hemd und Lederweste, gebannt auf die Szenerie.
Die Szene musste mehrfach gedreht werden, weil sich entweder einer der Schauspieler verhaspelt hatte oder sonst irgendetwas nicht stimmte. Zum Beispiel sollte die Kneipe verräuchert aussehen, ohne dass tatsächlich jemand Zigaretten rauchte.

production company Produktionsfirma
wallpaper Tapete
stand-in Lichtdouble
dressing room Garderobe
to operate bedienen
to measure messen
distance Entfernung
to position sth etw in Stellung bringen
to stand in for sb jdn vertreten
take Aufnahme

"That's Rob. He's **in charge of special effects**." Chris deutete auf einen dunkelhaarigen Jungen, der außerhalb der Szene mit einer Nebelmaschine hantierte. Mal pustete er zu viel, mal zu wenig von dem künstlichen Zigarettenrauch ins Bild, aber irgendwann war es perfekt und die Szene im Kasten.

"Now it's my turn." Chris stand auf und ging an die Bar hinüber. Gläser und Kerzen standen dort; es sah sehr romantisch aus. Chris erwartete die Anweisungen des Regisseurs.

"Hey babe, what are you doing here?", war der erste Satz, den er zu Rebecca sagen sollte, einer Frau, die an der Bar saß. Sie trug eine tief ausgeschnittene Carmen-Bluse mit Flatterärmeln.

Sie probten zweimal, dann wurde gedreht.

"Action!"

"Hey babe, what are you doing here?" Chris spielte mit den Fingern in Rebeccas blonden Locken herum und sah sie begehrlich an. Das versetzte mir schon wieder einen Stich, obwohl ja der dümmsten Idiotin klar sein musste, dass die gezeigten Gefühle nicht echt waren. Schließlich standen Schauspieler dort vorne!

"**That's none of your business**!" Rebecca schüttelte ihr Haar und rückte ein Stückchen von Chris weg, aber er folgte ihr und legte den Arm um sie.

"Don't be like that, babe! I'm just a lonely guy looking for some company."

Rebecca holte aus und schlug Chris mit der flachen Hand ins Gesicht. Chris hielt sich die Wange.

to be in charge of sth
für etw verantwortlich sein

special effect
Spezialeffekt

That's none of your business.
Das geht dich nichts an.

"Hey, Becky, are you crazy? Why did you hit me so hard? That really hurt!"
"Maybe you **deserved** it?" Rebecca schien das sehr lustig zu finden, und da merkte ich erst, dass dieser Teil gar nicht mehr im Drehbuch stand.
Aber was meinte sie damit, Chris hätte die Ohrfeige vielleicht verdient?
Chris hielt sich noch immer die schmerzende Wange und Belinda, die offenbar auch für die Damen von Maske und Kostüm einsprang, wann immer es möglich war, eilte herbei, um die sich rötende Stelle mit Make-up abzudecken.
Als alle wieder in Startposition waren, meldete sich der Regisseur zu Wort: "Back to the beginning!"
"That means that the actors, camera, and sound all have to go back to the positions they were in at the start of the scene", wisperte Belinda mir ins Ohr. Sie hatte sich inzwischen wieder zu uns gesellt.
"Action!"
"Hey babe, what are you doing here?" Wieder wickelte Chris eine Strähne von Rebeccas Haar um seinen Finger. Wieder der begehrende Blick.

to deserve sth
etw verdienen

"That's none of your business!" Haare schütteln, von Chris wegrücken. Er rückt hinterher, legt den Arm um sie. Wenn sie es noch ein paar Mal wiederholten, konnte ich mitmachen.
"Don't be like that, babe! I'm just a lonely guy looking for some company."
Rebecca holte aus und warf mit dem Ellenbogen eine Kerze um. Als ihre Hand in Chris' Gesicht klatschte,

hatte bereits eine Papierserviette Feuer gefangen und drohte Rebeccas Flatterärmel anzusengen. Was sage ich? Drohte? Bis Rebecca kapiert hatte, weshalb Nina, Belinda und ich quiekten, brannte ihr Ärmel bereits. Chris riss sich das Jackett herunter und erdrückte damit die Flammen, was erstaunlich lange dauerte. Dann nahm er die schluchzende Rebecca in den Arm.

Es stellte sich heraus, dass die Bluse aus einer Chemiefaser war und deshalb so gut brannte. Das versengte Gewebe hatte sich regelrecht in Rebeccas Haut eingeschmort.

Der Wirt des Lokals hatte einen Krankenwagen gerufen. In der Zwischenzeit hatten Chris und der Kameramann Rebecca auf den Boden gelegt und die Beine hochgelagert, weil sie vermutlich einen Schock erlitten hatte, jedenfalls starrte sie ausdruckslos in die Luft. Nun wusste ich auch, was die Leute meinen, wenn sie 'leichenblass' sagen.

Chris saß neben ihr und redete beruhigend auf sie ein. "We're waiting for the ambulance, Becky. Don't worry, it'll be fine. It's not so bad."

"Can you come with me, Chris?", wimmerte Becky. Ich hatte mich wohl verhört.

"Britt?" Chris rief mich zu sich. "I'm so sorry, babe. Rebecca wants me to go with her to the hospital. Is that okay with you?"

"Is there no one else in the whole team who can go with her?"

"Please, Chris, can you come with me?", wiederholte Rebecca, als würde sie eine Szene wieder und wieder proben.

to run off
davonrennen

to refuse
jdm eine Bitte ausschlagen

"You heard her." Chris zuckte mit den Schultern und streichelte meine Wange. "Have something to eat and to drink; the crew will look after you. It probably won't take very long – I'll be back soon. I'm really sorry." Er hauchte mir einen Kuss auf die Wange und wandte sich wieder Rebecca zu.
Ich stand da und starrte die beiden an.
Nina tippte mir auf die Schulter.
"Ich sag es ja – Helfersyndrom."
Dass sie jetzt endlich ihre dämliche Englisch-Masche abgelegt hatte, tröstete mich auch nicht. Wir suchten Klaus, damit er uns sofort nach Hause fuhr.

DOES HE REALLY LOVE ME?
C. has been here since April 1st. Every time we've met we've been interrupted. I'm getting the feeling that he's afraid to be alone with me. He doesn't want to be near me. If someone needs help, he **runs off** and leaves me. I'm afraid he doesn't really love me. I'm beginning to think that C. became interested in me in San Francisco because I needed his help. And now there are all these other girls who need his help, like B. or R.
Okay, R. was asking for him, but he could have **refused**.
But he didn't.

Posted by **ButterflyHeart** April 10th 7.32 p.m.
0 Comments

Britt + Mathe = Desaster

"Habt ihr noch Lust bei mir ein bisschen abzuchillen? Meine Mutter kommt heute erst ziemlich spät." Patty sah uns erwartungsvoll an.

"Sure, why not? How about you, Britt?"

Nina war schon wieder auf ihrem Englisch-Trip. Ich verbiss mir jedoch jeglichen Kommentar darüber und murmelte nur: "Kann leider nicht. Ich muss noch Hausis machen."

"You can do them afterwards. Come on, don't be such a **spoilsport**. What's wrong with you anyway? When did you become such a **swot**?"

spoilsport
Spielverderber(in)
swot
Streber(in)

Ich druckste ein wenig herum.

"Heute geht es nicht. Ich bin zum Lernen verabredet."

Die beiden blieben abrupt stehen, drehten sich um und bauten sich mit vor der Brust verschränkten Armen vor mir auf.

"Ach, nee! Mit mir bist du nicht verabredet. Mit Nina offenbar auch nicht. Barbie können wir wohl abhaken. Wer von den Mädels ist es denn dann?" Dabei grinste Patty so breit, dass ich wusste, dass sie wusste, dass ich wusste ...

"Paul will mir Mathe erklären", murmelte ich.

"Paul!" Auch Nina grinste breit und stupste Patty an. "What about Chris? Doesn't he know anything about algebra and trigonometry?"

“Ihr wisst doch genau, dass er arbeiten muss. Nun schaut nicht so. Es geht wirklich nur um Mathe, kapiert? Um sonst gar nichts. Paul ist nun mal mit Abstand der Beste in dem Fach.”
“Das ist dir bisher aber nicht aufgefallen”, stichelte Patty weiter. Die konnte aber auch manchmal anstrengend sein!
“Doofe Hühner”, grummelte ich und lief um die beiden herum. “Lästert ihr nur. Aber wenn es mit mir so weitergeht, dann schaffe ich die Klasse nicht. Ich finde es nett von Paul, dass er mir hilft. Schließlich kann er ja nichts dafür, dass er kein Mädchen ist.”
“Ja, ja. Schon klar.” Trotzdem prusteten die beiden hinter mir weiter. Sie glaubten mir kein Wort. Dabei stimmte es doch wirklich. Was sollte ich mit einem wie Paul, wo ich doch Chris hatte?

Als ich mein Zimmer betrat, sah ich zur Uhr. Wenn ich Paul hier hineinlassen wollte, musste ich dringend die übelsten Dinge entfernen. Meine Mutter nannte diesen Zimmer-Zustand immer ‘Saustall’. Also räumte ich die Papierberge, die auf meinem Schreibtisch umzustürzen drohten, ganz unten in den Kleiderschrank, nicht ohne rasch die Mathesachen wieder herauszukramen. Ich hob alle Taschentücher und Papierschnipsel auf, die den Papierkorb verfehlt hatten, und warf sie hinein. Stinkende Socken, BHs und T-Shirts, die längst in die Wäsche gehört hätten, stopfte ich in eine der zahlreichen Plastiktüten, die sich unter meinem Schreibtisch angesammelt hatten. Nachdem ich den Müll draußen vor dem Haus in die schwarze Tonne gekippt hatte, leerte ich den Inhalt der Plastiktüte in den Wäschekorb neben der Waschmaschine im Keller und nahm gleich den Staubsauger mit hinauf. Nur gut, dass niemand zu Hause war, sonst -

"Britt? Was machst du mit dem Staubsauger?"

Meine Mutter stand am Fuß der Treppe und sah mich erstaunt an.

"Äh – saugen?" Was sollte ich wohl sonst damit tun?

"Kommt Chris heute wieder? Du hast mir gar nichts gesagt."

"Wie kommst du denn darauf?"

"Ich bitte dich, wenn du mal freiwillig etwas im Haushalt tust, dann willst du entweder etwas von uns oder du bekommst Herrenbesuch."

Genau aus diesem Grund war ich bis eben noch froh gewesen, dass Mam *nicht* zu Hause war.

"Ich übe mit Paul Mathe." Ich bemühte mich den Namen so leise und beiläufig wie möglich auszusprechen, aber meine Mutter hatte bereits dieses triumphierende Drachenlächeln im Gesicht.

"Wusst ich's doch! Weiß dein Freund davon?"

"Fängst du jetzt auch noch an? Wir ler-nen Ma-the! Über eine Paula hättest du kein Wort verloren, stimmt's?"

"Da hätte ich dich ausgefragt, wer das wohl sein sollte, denn eine Paula kenne ich nicht." Mit dieser umwerfenden Logik ließ meine Mutter mich allein, um Einkäufe und die schlafende Sophie aus dem Auto zu holen.

Ich ging derweil wieder in mein Zimmer und schrubbelte völlig entnervt mit dem Staubsauger auf meinem Teppich herum. Dabei rettete ich noch einige Münzen

vor dem Rüsseltod, denn im Staubsaugerbeutel herumzuwühlen war nun wirklich nicht mein Ding.
Als ich anschließend noch meine Tagesdecke auf dem Bett glatt gezogen und alles mit Kissen drapiert hatte (die Diddlmäuse mussten im Bettkasten verschwinden, sonst hielt Paul mich am Ende noch für ein Baby), sah ich mich um und war zufrieden. Nun konnte das Mathegenie meinetwegen anrücken.
Er kam mit Verspätung.
"Sorry, ich musste noch was wegen der nächsten Ausgabe des *Blättchens* besprechen. Hast du mal einen Stuhl für mich?" Er sah sich suchend um. Ich bot ihm meinen Schreibtischstuhl an und holte für mich selbst den knallroten, würfelförmigen Hocker unter dem schwarzen Ikea-Tischchen hervor.
"Du machst bei der Schülerzeitung mit?" Ich musste den Kopf in den Nacken legen, um Paul anzusehen, da ich nun ziemlich tief unten saß.
"Ich habe sie *erfunden*. Du liest wohl nie das Editorial?"
"Ähm, nö, das, das hat sich noch nicht ergeben", stotterte ich. Die Wahrheit war, dass ich die Zeitung bisher immer nur durchgeblättert hatte, weil mich die Themen nicht interessierten.
"Gib es zu, du liest das *Blättchen* gar nicht!" Paul sah mich durchdringend von oben an. "Was machen wir falsch?"
Ich sank zerknirscht in mich zusammen. Offenbar war ich eine schlechte Lügnerin.
"Soll ich wirklich ehrlich sein? Irgendwie fehlt mir da was. Das ist keine richtige Zeitung. Kein Witz, kein Pep,

keine Bilder. Diese Berichte von Klassenfahrten und so, die sind todlangweilig geschrieben. Und wo ich nun schon mal dabei bin: Der Name klingt, als wäre das die Zeitung vom Kaninchenzüchterverein."
Paul kratzte sich am Kopf. "Jetzt hast du es mir aber so richtig gegeben, was?"
"Du hättest ja nicht fragen müssen. Aber können wir jetzt vielleicht Mathe machen? Sonst sehe ich bei der nächsten Arbeit wirklich alt aus."
Paul stürzte sich ernsthaft auf den Unterrichtsstoff, und der eine oder andere Aha-Effekt stellte sich tatsächlich ein. Aber immer wenn ich eine Aufgabe alleine lösen sollte, blieb der Erfolg aus. Nach zwei Stunden gab ich auf.
"Ich muss noch Bio machen, du auch?" Ich blätterte in meinem College-Block bis zu den Seiten zurück, auf denen ich die Aufzeichnungen für Biologie und meine Karikaturen von Frau Schaaf verewigt hatte.
"Lass mal sehen! Ist das die Schaaf?" Paul nahm mir den Block aus der Hand.
"Klar, steht ja drunter."
"Nee, da steht: 'Keinen Bock auf blöde Hammel.'" Wenn die Ohren nicht im Weg gewesen wären, hätte Paul sicher im Kreis gegrinst. "Kannst du auch noch andere Lehrer?"
Anstelle einer Antwort nahm ich ihm den Block aus der Hand und machte einige Striche. Als ich ihm den Block wieder zurückgab, war auf der Seite eindeutig unser Direx zu erkennen.
"Wahnsinn. Du hast echt Talent." In seinem Hirn schien es zu arbeiten. "Sag mal, was hältst du davon, witzige

Lehrercartoons für das *Blättchen* zu zeichnen? Dann könntest du konstruktiv was zur Verbesserung der Zeitung beitragen, anstatt nur zu mosern."

Ich sprang von meinem Würfel auf und rannte ein paar Mal in meinem Zimmer auf und ab. Dann hielt ich abrupt vor Pauls Nase an.

"Unter einer Bedingung: Die Zeitung bekommt einen anderen Namen!"

to get sth
etw kapieren
to edit
herausgeben
lately
in letzter Zeit

THINGS HAPPEN

I never thought I'd understand maths, but now I do! P. explained some stuff to me yesterday, and now I'**ve got it** (I hope). And P. also asked me to draw some cartoons for the school magazine he **edits**. I haven't been drawing much **lately**, but now I must practise. The cartoons have to be good! But now I have to go and practise something else: it's cheerleading-time again. ☹

Posted by **ButterflyHeart** April 12th 2.35 p.m.
0 Comments

Die Zuckerpuppe von der Cheerleadertruppe

"Gimme an 'S'!"
"S!"
"Gimme a 'C'!"
"C!"
"Gimme an 'H'!"
"H!"
"Gimme an 'O'!"
"O!"

Bei jedem Buchstaben stellte sich eines der puschelbewehrten Cheerleader-Opfer breitbeinig in einer Reihe auf. Zum Glück war ich bei der Aktion nur Helfer.

"Gimme another 'O'!"
"O!"
"Gimme an 'L'!"
"L!"
"Gimme an 'I'!"
"I!"

Das ging jetzt schon ein wenig langsamer, weil drei andere Mädchen mit Hilfestellung von Patty und mir auf die Oberschenkel der vier ersten Mädchen steigen mussten; darunter auch Nina.
"Ey, mach dich nicht so schwer!"

“Gimme an ‘S’!”
“S!”
“Gimme an ‘F’!”
“F!”

Nun mussten zwei noch weiter hinauf, wieder mit den Füßen auf den breit gebeugten Oberschenkeln der zweiten Reihe.

“Gimme a ‘U’!”
“U!”

“Willst du wirklich da hoch, Süße?” Ich fand es verdammt hoch. Sophie war allerdings nicht zu beeindrucken.
“Klar, ich bin doch der Weihnachtsengel oben auf der Püremiede!”

“Gimme an ‘N’!”
“N!”

“Au, du stehst auf meinen Haaren!”, beschwerte sich Franzi unterhalb von Sophie. Meine kleine Schwester stand auf den Schultern der oberen beiden Mädchen und sah wirklich aus wie ein Weihnachtsengel auf der Baumspitze. Niemand wackelte, nur die Pompoms wurden leicht geschüttelt. Von weitem sah es sicher schön aus.

“And that makes?”
“SCHOOL IS FUN! SCHOOL IS FUN! SCHOOL IS FUN! WOOOOOOOOH!”

Barbie klatschte.
“You look great! Wonderful! You’ve got it! Maybe some of you can climb up a little bit faster, but it’s okay. And Sophie, you’re really fantastic!”

Während Barbie sprach, waren die Mädchen wieder herabgeklettert, denn für die unteren war es ganz schön schwer. Wir waren Pyramidenklettern ja nicht gewohnt. Wie gesagt, ich war froh, dass ich dabei nur Helfer war.

Sophie kam mit glühenden Wangen auf mich zugesprungen wie ein kleiner Flummiball.

"Das war toll!"

"Ja, du bist Spitze! Im wahrsten Sinne des Wortes." Ich lachte.

"Die Zuckerpuppe von der Cheerleadertruppe!", mischte Nina sich ein, während sie sich umzog.

"Wo haste denn das her?"

"Meine Eltern haben so uralte Musik, da singt einer immer: *Kennt ihr die Zuckerpuppe aus der Bauchtanzgruppe?* Und am Ende heißt die dann nicht Suleika sondern Elfriede oder so."

Erstaunlich, wo Nina immer diese Geschichten ausgrub! Meine Eltern besaßen weder seltsame Musik noch psychologische Grundkenntnisse. Aber Ninas Eltern waren ja auch im positiven Sinne crazy und meine einfach nur spießig. Tauschen müsste man können!

"Magst du heute Abend mitkommen, Fußball gucken?" Wir waren vor Ninas Haustür angekommen.

"Was ist denn mit dir los? Es ist doch gar nicht WM!" Unsere Fußballbegeisterung war nach der tollen Weltmeisterschaft im letzten Jahr eigentlich wieder auf Null abgekühlt.

"Och", sagte sie beiläufig – für meinen Geschmack etwas zu beiläufig – "im Pokal spielt Werder gegen Alk-

maar, das wollte ich mir ansehen, aber nicht zu Hause, weil Mama was anderes sehen will."
"Werder? Bremen?"
"Kennst du ein anderes Werder?"
"Na, wenn wenigstens Hertha spielen würde, dann könnte ich das ja noch entfernt nachvollziehen ..."
"Ich bin Werder-Fan, wusstest du das nicht?"
Das war mir allerdings neu. Und obwohl ich wirklich null Lust hatte, ließ ich mich doch überreden, mit ihr in eine Sports-Bar in unserer Nähe zu gehen. Das schlagende Argument: *Sie* würde die Getränke bezahlen. Aber erstmal ging ich schleunigst mit Sophie nach Hause, denn uns beiden hing der Magen fast schon in den Kniekehlen.
Nachdem ich beim Abendessen auch meine Eltern überredet hatte ("Was? Um diese Zeit kannst du doch nicht in eine Kneipe gehen, du bist erst fünfzehn!"), stand einem langweiligen Fußballabend nichts mehr im Wege.
Nina und ich waren viel zu früh da, aber so bekamen wir wenigstens einen Platz weit vorne in der Nähe der Leinwand. Den grün-weißen Werder-Schal, der überhaupt nicht zu ihrem rosafarbenen T-Shirt passte, ließ sie um den Hals hängen, breitete jedoch ihre Jacke und die Tasche weit auf der Bank aus.
"Damit wir uns nicht mit irgendwelchen Idioten drängeln müssen", sagte sie, als sie meinen fragenden Blick bemerkte.
Das mussten wir auch nicht. Zumindest war das mit den Idioten Definitionssache. Ich hatte mich schon gewundert, weshalb Nina sich andauernd zur Tür umdrehte. Dabei hätte ich eigentlich wissen müssen, was

– beziehungsweise: wer – kommen würde, denn Ninas plötzliches Interesse für Fußball war doch sehr verdächtig. Als kurz darauf Konrad die SportsBar betrat, gefolgt von Klassenclown Olli, war mir dann auch endlich alles klar. Blitzmerker war ich noch nie.
"Nina! Das hättest du mir auch sagen können!"
"Was denn?" Nina machte die unschuldigsten Kulleraugen der Welt.
Noch bevor ich weitermeckern konnte, war auch Paul aufgetaucht. Aus den Augenwinkeln sah ich, wie die drei Jungs sich suchend umschauten und Paul schließlich auf uns zeigte. Sekunden danach standen sie neben uns.
"Ist bei den Damen noch Platz?", witzelte Olli und machte eine übertriebene Verbeugung. Ich konnte gar nicht so schnell gucken, wie Nina ihre Klamotten weggeräumt hatte.
"Ich dachte, wir wollten uns nicht mit Idioten drängeln!", zischte ich ihr zu, aber sie beachtete mich gar nicht. Konrad rutschte neben sie auf die Bank, daneben Olli und Paul kam mir gegenüber zu sitzen.
"Was führt euch denn hierher?" Paul richtete die Frage an mich.
Ich deutete mit dem Daumen auf Nina. "Sie! Ich wurde gekidnappt."
"Übertreib doch nicht so! Du hättest ja nicht mitkommen müssen."
"Pfff!"
"Ich hätte mir das Werder-Spiel so oder so nicht entgehen lassen. Dann wäre ich eben alleine gegangen."
"Hätte nicht gedacht, dass du Werder-Fan bist." Konrad sah Nina mit wachsendem Respekt an.

“Ich auch nicht”, maulte ich und musste einen Schmerzensschrei unterdrücken, weil Nina mir mit voller Wucht unterm Tisch auf den Fuß getreten hatte.

Die Bedienung kam vorbei, und ich bestellte mir aus Rache eine alkoholfreie Piña Colada, was natürlich teurer war als eine kleine Cola. Schließlich zahlte Nina, und da sie mich so reingelegt hatte, sollte sie wenigstens ein bisschen bluten.

Nina und Konrad fachsimpelten gerade über den Werder-Fanshop im Internet und verglichen ihre Schals, als ich hinter mir die quäkende Stimme von Franzi aus der Cheerleadertruppe hörte: “Let’s sit here.”

“Yeah, we can see well from here. Oh, hi, **folks**!”

Ich musste mich nicht umdrehen, um zu wissen, wer da noch mitgekommen war. Seit wann interessierte sich die halbe Welt für Fußball, und dann ausgerechnet auch noch Barbie?

Als hätte Franzi meine Gedanken gelesen, startete sie die große Erklärung, natürlich auf Englisch, um Barbie nicht auszuschließen: “Debbie wanted to learn more about German sports. I promised to explain the rules of soccer to her, but **unfortunately** I don’t really know what they are.” Sie kicherte. “So obviously it was a very good idea to come here, where all the experts are.”

folks Leute
unfortunately leider

Oh, nein! War es nicht schlimm genug, dass ich ein ganzes Fußballspiel ertragen musste? Durfte ich mir jetzt auch noch englische Erklärungen dazu anhören? Mir blieb auch gar nichts erspart. Ich ging erstmal aufs Klo, und zwar allein.

Ich blieb eine Weile dort und starrte die Fliesen an. Als ich wiederkam, war nicht nur das Spiel, sondern auch eine erregte Unterhaltung über die Abseitsregel im Gange, und Barbie hatte sich mit an den Tisch gequetscht.

"I don't understand this stupid rule. Can anyone explain it to me without being interrupted by the others?" Barbies leicht verzweifelter Unterton war nicht zu überhören. Konrad übernahm die Erklärung mit Salzstreuern, Gläsern und Bierdeckeln.

"There's Werder and there's Alkmaar, okay?"

Barbie nickte eifrig."Wörder, yeah, I understand."

Wörder. Ich musste mir ein Grinsen verkneifen, als ich mich wieder setzte.

"But what's Älkmaar?"

"That's the other team. They're from **the Netherlands**, but **that doesn't matter**."

"Why are teams from different countries playing if it's not a **world championship**?"

"I thought you wanted me to explain the **offside rule**!", sagte Konrad streng und hob den Salzstreuer hoch. "That's an Alkmaar player running towards the Werder goal. These **beermats** are Werder **defenders** and their goalkeeper, trying to protect their goal. Did you get that?"

"Yes, I can follow it up to here."

"Ey, wadde mal, gleich klingelt's!" Olli hopste auf der Bank herum, und kurz drauf jubelten die Zuschauer im Stadion und in der SportsBar, weil Tim Borowski Werder mit 1:0 in Führung geschossen hatte. Ich hatte Barbie im Blick. Sie war erst zusammengezuckt,

the Netherlands die Niederlande
That doesn't matter. Das macht nichts.
world championship Weltmeisterschaft
offside rule Abseitsregel
beermat Bierdeckel
defender Verteidiger(in)

aber nach einem Blick in die Runde stimmte sie zaghaft in den Jubel mit ein. Vermutlich würde ich ähnlich dasitzen, wenn mich jemand zum … ja, was eigentlich? American Football hatte ich live erlebt, Baseball war wie Brennball, was gab es noch? Lacrosse! Das mit den Schmetterlingsnetzen. Also, wenn mich jemand zum Lacrosse mitnähme, würde ich auch nur Bahnhof verstehen und erstmal schauen, ob ich jubeln oder schimpfen muss.

to pass *hier:* den Ball zuspielen
defence line Verteidigungslinie
buddy Kumpel
pepper pot Pfefferstreuer
referee Schiedsrichter(in)

Als sich alle wieder beruhigt hatten, fuhr Konrad mit seiner Erklärung fort. Barbie schaute ihn dabei treuherzig an, was wiederum eine steile Falte auf Ninas Stirn zum Vorschein brachte.
“Here's another Alkmaar player.” Diesmal musste der Pfefferstreuer herhalten. Außerdem hatte Konrad in der Zwischenzeit aus einem Bon einen Fußball zusammengeknüllt, den er vor dem Pfefferstreuer platzierte.
“If he **passes** to this player – ”, er nahm den Pfefferstreuer und schoss das Papierkügelchen zum Salzstreuer, “and the players are in these positions, everything's fine. But if this man – ”, er bewegte den Salzstreuer hinter die gegnerischen Bierdeckel, sodass er frei vor dem Torwart stand, und ließ den Pfefferstreuer die Papierkugel erneut schießen, “is behind the **defence line** when his **buddy**, the **pepper pot**, passes the ball to him, then we have an offside situation and the **referee** will interrupt the game.”
Konrad sah Barbie an und erwartete Applaus, aber statt ihrer antwortete Nina.
“Prima, Konrad, so hätte ich das auch erklärt. Nun ha-

ben es sicher alle verstanden." Sie strahlte. Ich sah sie mit hochgezogener Augenbraue an. Meinen rechten Arm würde ich darauf verwetten, dass sie vorher keine Ahnung hatte, was Abseits war.
Mein Blick fiel auf Paul, der in dem Moment wegschaute, als ich hinsah. Ich nuckelte am Strohhalm und schlürfte meinen Cocktail. Dabei beobachtete ich ihn einfach weiter, nur um zu sehen, ob er noch mal schauen würde, und ich musste nicht lange darauf warten. Grüne Augen. Er hatte tatsächlich grüne Augen. Oder reflektierten sie nur den Fußballrasen auf der Videoleinwand?

SOCCER-SHOCKER

Do you know the Meat Loaf song *I Would Do Anything for Love?* I've never really believed this **saying**, but now I know that anything is possible if you're really in love. Even N. **turning into** a soccer fan! She **dragged** me **along** to a UEFA Cup game her **brand new** favourite football team Werder Bremen was playing in, just so she could be with K. **Fortunately**, Werder won 4:1 and even Klose scored twice. You should have seen her cheering and **celebrating** with K. when Klose **did a somersault** after he scored. I'm sure it's not going to be long before they **get together** …

Posted by ***ButterflyHeart*** *April 12th 11.19 p.m. 0 Comments*

saying Spruch
to turn into sth sich in etw verwandeln
to drag along mitschleppen
brand new brandneu
fortunately glücklicherweise
to celebrate feiern
to do a somersault einen Salto schlagen
to get together zusammenkommen

Überraschungen

Ich wachte mit dem beruhigenden Gefühl auf, dass ich Mathe offenbar doch verstanden hatte. Ich hatte sogar geträumt, dass ich eine Eins in einer Klassenarbeit zurückbekommen hätte. Herr Werkmeister, unser Mathelehrer, konnte es kaum glauben, zumal alle anderen Drei und schlechter geschrieben hatten. Ich musste noch im Nachhinein über den Traum schmunzeln, denn ich wäre ja über eine Drei schon sehr happy.

Als ich den Mathezettel dann in der Schule vor mir liegen hatte, war ich schon nicht mehr ganz so zuversichtlich. Kein Wunder, es war immerhin Freitag der 13.! Ich sage mir ja immer, dass das Quatsch ist, aber manchmal geht eben doch alles schief. Die erste Aufgabe ließ ich zum Beispiel gleich aus, aber die anderen wehrten sich nicht mehr ganz so. Ich konnte auch nicht abgucken, denn Herr Werkmeister hatte zwei verschiedene Arbeiten ausgeteilt. A und B immer abwechselnd. Ich kaute an meinem Füller herum und ließ zwischendurch den Blick durch die Klasse schweifen. Barbie kritzelte auf ihrem Blatt herum, als gälte es, einen Hochgeschwindigkeitswettbewerb zu gewinnen. Mir war schon früher aufgefallen, dass sie ganz gut in Mathe war. Schon wieder ein Lieblingsvorurteil futsch. Wasserstoffblond = strohdumm funktionierte offenbar nicht zwangsläufig.
Olli sah ziemlich ratlos aus, ebenso Patty. Ich zwinkerte

ihr zu, als sie herübersah. Es sollte aufmunternd wirken, aber sie sah trotzdem sehr bedröppelt aus. Dummerweise hatte Paul auch gerade hochgesehen, als ich gezwinkert hatte, und er lächelte zurück. Ich schaute rasch wieder auf mein Matheblatt.
In der Halbzeitpause gestern hatte ich übrigens herausgefunden, dass Pauls Augen tatsächlich grün waren. Es lag nicht an der Reflektion des Rasengrüns. Mir kamen die alten Sprüche von Mam in den Sinn:

Blaue Augen, Himmelsstern. Küssen und Poussieren gern.
Braune Augen sind gefährlich, aber in der Liebe ehrlich.
Grüne Augen, Froschnatur. Von der Liebe keine Spur.

Von der Liebe keine Spur, von der Liebe keine -
"Britt Solvenstein, auch wenn du mit deinen Blicken Löcher in die Tischplatte brennst, lösen sich die Aufgaben nicht von selbst. Noch fünfzehn Minuten, Leute!"
Ich war zusammengezuckt, denn ich hatte gar nicht mitbekommen, dass Herr Werkmeister durch die Reihen patrouillierte.
Die verbleibende Viertelstunde nutzte ich dafür, die restlichen Aufgaben so schnell wie möglich zu lösen.
In der Pause danach verschwand Nina mit Konrad, um das gestrige Spiel noch mal durchzuhecheln. Die halbe Klasse sah ihnen mit vielsagendem Blick nach.
"They've fallen in love, haven't they?", fragte Barbie in die Runde, erntete aber nur ein gemurmeltes "Maybe" von Olli.
Da ich wie bestellt und nicht abgeholt ohne Nina her-

umstand, und Patty offenbar vom Klo verschluckt worden war, kam Paul wie zufällig zu mir rübergeschlendert.
“Das war ja ’ne nette Überraschung gestern.”
Ich sah ihn ein wenig langsam an.
“Na, dass du beim Fußball warst. Da war ich ja direkt froh, dass Konrad und Olli mich überredet haben.”
“Wieso überredet? Magst du eigentlich auch keinen Fußball?” Das erstaunte mich; er hatte doch ziemlich interessiert gewirkt.
“Na ja, ich schau es manchmal ganz gerne, aber es muss nicht unbedingt sein. Es gibt Schöneres.”
Ich legte den Kopf schief.
“Was denn so?”
“In deine hübschen Augen sehen, zum Beispiel.”
Ich spürte direkt, wie mir das Blut in die Wangen schoss und zu pochen begann. Ich wusste gar nicht, wo ich hinschauen sollte. Nach einer gefühlten Ewigkeit erlösten mich die Klingel und Frau Schaaf.
“Heute Treffen wegen der Zeitung?”, raunte mir Paul im Gehen noch zu.
“Nein, kann nicht!”, stammelte ich und machte Platz für Nina, die sich rasch auf den Stuhl neben mich zwängte.
Von Bio bekam ich wieder mal nicht viel mit, aber die Hammel beachtete mich diesmal nicht.
Mir schwirrte der Kopf. Paul war froh gewesen, mich zu sehen. Er machte mir Komplimente über meine Augen. Blaue Augen, Himmelsstern.
Grüne Augen, Froschnatur, von der Liebe keine Spur!, brüllte mich etwas aus der anderen Ecke meines Hirns

an. Und obwohl mir klar war, dass diese Sprüche purer Blödsinn sind, klammerte ich mich daran, dass Paul vielleicht nur Witze machte. Denn etwas war ganz und gar falsch an der Sache: Ich hatte bereits einen Freund.

Ich hätte auch sehr wohl Zeit gehabt, mich am Nachmittag mit Paul zu treffen, aber mein Entschluss stand fest: Ich würde Chris am Set besuchen, um in meinem Hirn wieder Ruhe einkehren zu lassen. Ich wusste schließlich, zu wem ich gehörte, und das musste ich dringend noch mal bestätigt sehen.

Chris hatte mir am Telefon verraten, dass sie vor der Gedächtniskirche drehen würden. Ich beeilte mich nach Hause zu kommen, machte mich zurecht und enterte den nächsten Bus.

to take a look
nachschauen

Als ich am Bahnhof Zoo ausstieg und aus dem U-Bahneingang auftauchte, hielt ich sofort nach Chris Ausschau. Stattdessen traf ich Zach im Gewühle. Ich fand ihn immer noch ziemlich nervig, aber irgendwer musste mir ja sagen können, wo ich meinen Liebsten fand.

"Hey, Zach! I'm looking for Chris. Have you seen him?"

"Oh, hey, Britt! Yeah, he's behind that wall. The artists' dressing rooms are over there", sagte er und wirkte dabei ein bisschen geistesabwesend. Ich bedankte mich und lief in die Richtung, in die er mich geschickt hatte, als er mir noch etwas hinterherrief: "Oh, Britt, erm, actually I think he just went somewhere else."

"No problem. I'll **take a look**, and if he's not there I'll keep looking for him."

"No, that's not a good idea, Britt. Please come back!"
Trotzdem ging ich weiter.

Als ich hinter die Mauer trat, wurde mir schlagartig bewusst, warum Zach mich hatte zurückhalten wollen. Etwas Langbeiniges, Hellblondes hing am Hals meines Freundes. Chris hatte die Arme um Barbie gelegt, streichelte ihr Haar und ihren Rücken. Als ich diesmal blind vor Tränen weglief, hielt er mich nicht auf wie damals in Kalifornien. Nur Zach hob hilflos die Hand, als ich an ihm vorbeirannte, doch er war der Letzte, den ich mir jetzt zum Trösten gewünscht hätte.

to cheat on sb
jdn betrügen
to break sb's heart
jdm das Herz brechen
to pine for sb
nach jdm schmachten
to hold sb tight
jdn fest umarmen

HEART OF GLASS

I knew it! C. is spending time with B., hugging HER, **cheating on** ME. For so many months we've been writing each other e-mails, promising each other that our love would last forever. And then the very first chance he gets, he **breaks my heart**! I don't even know if B.'s the first one. How many girls are **pining for** him in America? Half of me wants to kill him and the other half wants to **hold him tight**. What the hell do I do?

Maybe I should start by getting rid of B.!

Posted by **ButterflyHeart** *April 13th 4.56 p.m.*
0 Comments

NIE WIEDER!

Am Montag wartete ich, bis alle aus dem Haus waren und ging wieder ins Bett. Kein Mensch konnte von mir verlangen, dass ich in der Schule meiner Erzfeindin gegenübertrat. Sie würde sicher mit triumphierendem Lächeln in der Klasse sitzen, bereit, mir den Todesstoß zu versetzen.

old maid
alte Jungfer

"Britney, darling", würde sie sagen. "You're such a nice person! It's very kind of you to let me have your boyfriend. He goes perfectly with my handbag!" Sie würde aufstehen, auf mich zu stolzieren und sich riesenhaft vor mir aufbauen ...

Ihr Zeigefinger sauste wie ein Schwert auf mich herab: "And *you* don't go with anyone! As soon as Chris goes back to the States, I'm going to follow him and go and live with him. You'll stay an **old maid** all your life!" Je lauter sie mich anschrie und mit ihrem überdimensionalen Zeigefinger auf mich einstach, umso mehr schien ich zu schrumpfen, bis ihre Stimme nur noch ganz entfernt, wie eine schrille Klingel klang ...

Es *war* eine Klingel, nämlich die an unserer Haustür, die mich aus meinem Alptraum riss. Ich musste wieder eingeschlafen sein. Kein Wunder, denn ich hatte am ganzen Wochenende schlecht geschlafen und auch jetzt wieder die halbe Nacht wach gelegen.

Ich schleppte mich zur Tür und linste durch den Spion. Draußen stand Nina.

Am besten, ich ging wieder ins Bett, aber sie hatte mich offenbar gehört.
"Hey, Britt, nun mach endlich auf! Ich weiß, dass du da bist!"
Zögernd drückte ich die Klinke herunter.
"Oh my God, what happened to you?" Das war jetzt keine Masche, Nina war ehrlich entsetzt, und dann verfiel sie nun mal kurz in ihre zweite Muttersprache.
"Isses so schlimm?" Ich musste ja furchtbar aussehen, Ninas Gesichtsausdruck nach zu urteilen.
"It's worse! Was ist denn passiert, um Himmels willen?"
"Komm rein. Das müssen wir ja nicht hier draußen besprechen, oder?"
"Was ist mit Schule?"
"Vergiss es! Wieso bist du überhaupt hier?" Schließlich wohnte Nina näher an der Schule, so dass ich sie immer auf dem Weg dorthin abholte.
"Du bist nicht gekommen, du hast nicht angerufen. Also musste ja irgendwas sein." Als wäre Nina hier zu Hause, wuselte sie durch unsere Küche und braute uns Kakao. Ich saß derweil wie ein Häufchen Elend auf der Küchenbank.
"Du hättest ja am Wochenende mal fragen können, wie es mir geht!"
"Also, das tut mir jetzt echt leid, Britt, ich … ich war am Wochenende unterwegs."
Nicht auch das noch.
"Mit Konrad?", fragte ich.
"Ja. Ich glaub, wir sind so was ähnliches wie zusammen."

“Schön, ich freu mich für dich!”, brüllte ich sie an und heulte wie ein Schlosshund. Das Glück von anderen konnte ich jetzt nicht ertragen.
Nina legte den Arm um mich und wiegte mich hin und her, wie ein Baby.
“Haste mal ’n Taschentuch?”, schniefte ich sie an.
Und dann erzählte ich ihr alles, was ich gesehen hatte.
Als ich geendet hatte, schwiegen wir. Es war klar, dass Nina nach Worten suchte, aber mich konnte ohnehin nichts und niemand trösten.
“Vielleicht ist ja gar nichts. Hast du daran mal gedacht? Überleg doch mal: Vielleicht hätte Chris auch geglaubt, du bist ihm mit Paul untreu, wenn er euch zusammen beim Lernen gesehen hätte.”
“Nur dass Paul nicht in meinen Armen lag und ich ihn nicht gestreichelt habe”, erinnerte ich Nina an die Szene, die ich wohl nie vergessen würde.
“Das stimmt natürlich. Aber, wo wir gerade beim Thema Paul sind … Hast du nicht auch mal daran gedacht, ihn … wie soll ich sagen … näher an dich ranzulassen?”
War ich hier im falschen Film? Ich schüttete meiner besten Freundin das Herz aus, weil mir selbiges brutal gebrochen wurde, und sie versuchte mir einen Ersatz aufzuschwatzen? Immerhin war ich ja auch zu Chris gefahren, um mir sicher zu sein, wohin ich gehörte, bevor ich von Pauls Komplimenten schwach wurde. Nina war mir diesmal echt keine Hilfe.
Ich trank einen Schluck von dem Kakao, den mir Nina hingestellt hatte, weil ich nicht wusste, wie ich ihr gegenüber reagieren sollte. Am liebsten hätte ich sie

rausgeschmissen, aber das hätte sie nicht verstanden. Ich verstand das ja selbst alles nicht.
“Hast du denn irgendjemanden gefragt, was passiert ist? Vielleicht hat Barbie ja irgendwelche Probleme. Und dein Chris hat mit Sicherheit ein Helfersyndrom.”
“Er ist ja offenbar nicht MEIN Chris!”, fauchte ich Nina an, obwohl sie nun wirklich nichts dafür konnte.
“Überleg mal, im letzten Jahr konnte er dich ja auch nicht leiden sehen. Und es muss ja nicht heißen, dass er sich in jedes Mädchen verliebt, das er tröstet.”
Da war zwar etwas dran, aber ich konnte trotz allem nicht glauben, dass es nicht mehr war, als dass sich zwei Landsleute gefunden und eine harmlose Freundschaft aufgebaut hatten. Geräuschvoll putzte ich mir die Nase.
“You know what? You should go and wash your face. Then put on some **make-up** and go to school, and hold your head high.”
Nina war wieder ins Englische verfallen, also ging ihr das Ganze doch näher, als ich dachte. “If you don’t go to school, Barbie will probably just feel **triumphant**. **Assuming** that your **guess** is right and **there is something going on between** her and Chris.”
Da hatte Nina allerdings recht. Und diesen Triumph gönnte ich Barbie nicht.

Aber als wir in der kleinen Pause dann endlich zum Unterricht erschienen, war von Triumph in Barbies Blick nichts zu lesen. Ich bildete mir sogar ein,

make-up
Schminke
triumphant
siegreich
assuming
angenommen
guess
Vermutung
There is something going on between them.
Es läuft etwas zwischen ihnen.

dass ihre Augen leicht gerötet waren. Aber das konnte nicht stimmen. Schließlich müsste sie in diesem Moment das glücklichste Mädchen der Welt sein. Im Gegensatz zu mir.

Zu Hause klemmte ich mich an den Rechner, weil ich für Hausaufgaben noch etwas recherchieren musste. Außerdem hoffte ich, es würde mich ablenken. Trotzdem surfte ich vorher kurz im ButterflyHeart-Blog vorbei. Ich hatte zwar nicht daran geglaubt, aber es gab tatsächlich einen Kommentar zu meinem letzten Eintrag. Hoffentlich nicht wieder eine dumme Belehrung, dachte ich, während sich das Kommentarfenster öffnete.

to stroke
streicheln

Anonymous *wrote:*
Poor girl! I wish I could hold you in my arms and ***stroke*** *your golden hair.*

Was war das den für ein Irrer? Ein Stalker? Jemand, der mich kannte? Irgendwie wurde mir die ganze Sache unheimlich. Man wusste ja schließlich, was für kaputte Typen sich im Netz herumtrieben. Ich versuchte mich damit zu trösten, dass es vermutlich einfach nur ein Scherzkeks war, der sich überlegt hatte, dass vermutlich über die Hälfte aller Mädchen blond war. Rasch formulierte ich eine klare Antwort:

ButterflyHeart *wrote:*
Leave me alone!

Ich versank weiterhin in Selbstmitleid. Eigentlich wusste ich gar nichts mehr. Nur eine Sache war sonnenklar: Bei diesen dämlichen ‘Cool Cats’ würde ich nicht mehr mitmachen, und Sophie würde ich auch nicht mehr dorthin lassen.
Aber da hatte ich die Rechnung ohne mein Schwesterlein gemacht.
“Ich will aber da hiiiiin!”, rief sie laut, nachdem ich verkündet hatte, dass das Gehopse ab sofort ohne uns stattfinden würde.
“Das geht nicht. Sie hat was Schlimmes getan und ich will nichts mehr mit ihr zu tun haben.”
“Was hat sie denn gemacht?”
“Das verstehst du nicht. Ist was für Große.”
“Gut, dann kann ich ja trotzdem hin. Ich bin nämlich klein!” Sie stampfte mit dem Fuß auf und verschränkte die Arme. Dabei starrte sie mich wütend an. So wütend, wie eine kleine Schwester nur gucken kann. So ging es also nicht.
“Sie will dich nicht mehr dabei haben”, hörte ich mich sagen.
Ganz langsam verwandelte sich Sophies wütender Gesichtsausdruck in einen sehr traurigen. Ihre Augen wurden kullerrund und füllten sich mit Tränen.
“Happich was gemacht? Mag sie mich nich mehr?” Sophie war zwischen den Schluchzern kaum zu verstehen.
Verdammt, irgendwie ging alles schief. Und ich konnte die Kleine noch nie weinen sehen. Also hockte ich mich zu ihr.
“Hey, Sophie. Ich hab das nicht so gemeint. Bar…

Debbie mag dich. Ich weiß nicht wieso, du kleine Kröte, aber sie mag dich wirklich." Ich hob mit dem Zeigefinger ihr kuscheliges kleines Kinn an und zog eine Grimasse. Aber das wirkte diesmal nicht.
"Wieso haste denn dann gesagt, sie mag mich nich mehr?"
"Weil sie 'ne doofe Kuh ist. Weil sie sich an Chris ranmacht."
"Biste sicher?"
"Nee. Aber es sah eben so aus."
"Dann bist du aber auch doof, wennde das nich ma genau weißt."
"Na, warte!" Ich sprang auf und Sophie quiekte. Ich jagte sie spielerisch durchs Haus und kitzelte sie ab. So lange, bis sie streng wurde: "Und jetz bringste mich zum Training!"
Ich fügte mich seufzend in mein Schicksal. Nur hinbringen und abholen. Mitmachen würde ich definitiv nicht.

Ich ging auch prompt wieder nach Hause, nachdem ich Sophie in der Aula abgeliefert und an Nina übergeben hatte, die nur einen schwachen Versuch machte, mich zum Bleiben zu überreden.
Wieder zu Hause angekommen, setzte ich mich an den Schreibtisch und starrte Löcher in die Luft. Irgendwas musste es doch geben, was mich ablenken konnte! Mein Blick fiel auf den Block mit dem Hammel-Cartoon. Ich zog ihn zu mir heran und überlegte. Dann kramte ich meinen Lieblingsbleistift aus dem Stiftebecher und begann zu zeichnen: die Hammel, mit ihrem eigenen Gesicht, aber sonst als Schaf, das auf zwei Beinen vor

der Klasse steht und bittet, ein Tier so zu beschreiben, dass sie selbst es an die Tafel zeichnen könne. Zweites Bild: Frau Schaaf zeichnet nach den Anweisungen eines kleinen Mädchens ein Tier an die Tafel, es ist aber noch nichts zu erkennen.
Bild drei: Die Zeichnung an der Tafel und Frau Schaaf sehen bis auf das Gesicht identisch aus. Ich hielt das Blatt ein Stück von mir weg und nickte zufrieden. Mit einem schwarzen Fineliner zog ich die Linien nach und radierte die Bleistiftvorzeichnung weg. Unterdessen hatte ich den Rechner hochgefahren, und so konnte ich den Cartoon einscannen und digital bearbeiten. Am Ende war der Cartoon farbig.

Während ich mein Mailprogramm öffnete, suchte ich auf der Klassenliste nach Pauls E-Mail-Adresse.

Hi Paul,
ist es in etwa das, was du dir vorstellst? Siehe Anhang.
Gruß, Britt

Ich hängte die Datei an und schickte die Mail ab.
Weil ich so konzentriert gearbeitet hatte, hatte ich tatsächlich kein einziges Mal an Barbie gedacht, und es war auch ganz schön spät geworden. Ich musste mich beeilen, um Sophie rechtzeitig abzuholen.
Glücklicherweise kam sie mir mit Nina schon entgegen. Für diesen Tag war der Barbie-Alarm also vorbei.

tack
Reißzwecke

the last few days
die letzten Tage

kind of
irgendwie

to misunderstand (misunderstood, misunderstood)
missverstehen

speaking of sth
wenn man von etw spricht

thought
Gedanke

right now
im Augenblick

to log off
sich abmelden

GO SIT ON A TACK!

Listening to James Blunt, feeling sorry for myself, thinking about **the last few days**. I'm not going to do that cheerleading rubbish any more, but my little sister wants to, so I took her there and then went away without saying a word. N. told me later that B. seemed **kind of** sad about it, but that's not my problem. She's sad? What about MY feelings? She should have thought about what she was doing BEFORE she did it. I don't believe she's sad at all. Maybe N. **misunderstood** her. B. is GLAD, not SAD. That's the way it is, not the other way round. **Speaking of** 'round': my **thoughts** are going round in circles **right now**. I'd better **log off** for today.

Posted by ***ButterflyHeart*** *April 16th* *9.12 p.m.*
0 Comments

Britt in Fahrt

Ich verbrachte den Dienstag damit, mich zu verstecken. Ich ging nicht ans Telefon, wenn Chris dran war (und er versuchte mehrfach, mich anzurufen), und ich ließ mich vom Erdboden verschlucken, sobald Barbie in meine Nähe kam. Vermutlich war das ziemlich feige, aber ich war der Sache nicht gewachsen.

Als ich am Mittwoch während der Biostunde aufs Klo musste und allein auf dem Gang war, rupfte ich, einer plötzlichen Eingebung folgend, eines der Plakate mit dem Cool-Cats-Foto von der Wand, die Barbie aufgehängt hatte. Ich riss es in winzige Fetzen, warf es in den Müll und fühlte mich ein klein wenig besser. Bis ich um die Ecke in einen anderen Flur kam und das nächste Plakat sah. Das musste auch noch dran glauben, bis mir schließlich klar wurde, wie kindisch das war. Immerhin machte Sophie ja auch mit und Nina und Patty. Ich ging aufs Klo und versuchte an etwas Anderes zu denken.
Paul zum Beispiel. Er hatte gesagt, er wollte am Nachmittag vorbeikommen und mit mir über meine Zeichnungen sprechen und über den neuen Namen der Schülerzeitung. Ich freute mich sogar ein wenig darauf, denn das würde mich mit Sicherheit ablenken.
Auf dem Rückweg zur Klasse ließ ich das Plakat in Ruhe, das ich vorher übersehen hatte.

Unglaublich, wie schnell mein Zimmer zumüllte! Bevor Paul kam, musste ich wieder den Kram verstecken, der sich in der einen Woche, seit er mit mir gelernt hatte,

auf dem Fußboden angesammelt hatte. Ich saugte diesmal nicht, sonst würde Mam am Ende noch den Arzt rufen. Sie war unten in der Küche und hatte strikte Anweisung, Anrufe von Chris abzuwimmeln.
Beim Aufräumen hörte ich Musik, und so bekam ich einen mittelschweren Schock, als es klopfte und Mam verkündete: "Besuch für dich!" Ich hatte die Klingel nicht gehört und Paul wollte auch erst in einer halben Stunde hier aufkreuzen. Ich fuhr herum, in Panik, möglicherweise Chris im Türrahmen stehen zu sehen, aber es war schlimmer: Es war Zach!

hiya hallo

Ich warf Mam einen giftigen Blick zu. "Du solltest doch nicht!"
"Hör mal, es ist nicht Chris, und ich konnte den jungen Mann ja wohl schlecht vor der Tür stehen lassen", gab Mam beleidigt zurück.
Oh, Gott, diese Ausdrucksweise! 'Junger Mann', das klang nach den Fünfzigerjahren des letzten Jahrhunderts.
"**Hiya**", sagte Zach, der wohl bemerkt hatte, dass ich über sein Erscheinen nicht im Mindesten erfreut war. Ich grunzte ihn unfreundlich an. "May I sit down?"
Ich grunzte wieder und deutete auf den Schreibtischstuhl. Ich setzte mich nicht, sondern sortierte irgendwelchen sinnlosen Kleinkram in einer Schublade. In Bio hatten wir gelernt, dass dies eine so genannte Übersprungshandlung war. Solche Dinge geschehen immer dann, wenn man eigentlich entweder fliehen oder angreifen will, aber beides aus irgendwelchen Gründen nicht geht.
"What's up?", schnauzte ich ihn an. "Don't waste my time!" Ich tendierte wohl eher zum Angriff.

"I have to **get back** to the set in a few minutes, so I haven't much time either. I just wanted to say that I'm really sorry, Britt."
"Oh, no! I've been told that someone's sorry much too often lately. I don't want to hear it any more. And anyway, YOU aren't the one who should **apologize**. Chris should be here doing that!"
"Well, may I **remind** you that you screamed at everyone in **earshot** that you didn't want to see him ever again? He called you on the phone, but you wouldn't take his calls."
1:0 für Zach, aber das sagte ich ihm natürlich nicht.
"Why did he send you?"
"He didn't send me. It was my own idea. I wanted to say sorry for being so stupid, telling you where to find Chris when Debbie was there with him."
Ich glaubte mich verhört zu haben.
"What?! Do you think it would have been better if he could have cheated on me without me knowing? **As far as I'm aware**, **bigamy** is **illegal** in America too!"
Zach lächelte. "You aren't married yet."
"No, and never will be, with any luck!" Ich war jetzt so richtig in Fahrt. Dachte dieser Dummtrottel wirklich, es wäre alles in Ordnung, wenn ich nur nicht herausgefunden hätte, dass die beiden mir Hörner aufsetzten?
"Calm down, Britt. That's what I wanted to tell you. Chris and Debbie aren't together. He was just **comforting** her."

to get back zurückgehen
to apologize sich entschuldigen
to remind sb of sth jdn an etw erinnern
earshot Hörweite
as far as I'm aware ... soweit mir bewusst ist ...
bigamy Bigamie
illegal illegal
to comfort trösten

Ich ließ die Arme sinken. Bei meinem Wutanfall vorher hatte ich mir tatsächlich die Haare gerauft.
“Say that again.”
“Chris is not Debbie’s boyfriend, and she’s not his girlfriend. They didn’t kiss, they didn’t sleep together, they’re just buddies. Got it?”
Zach sprach zu mir wie zu einer Dreijährigen, damit ich es auch auf jeden Fall verstand.
Ich kam mir so unsagbar dämlich vor. Andererseits bestand noch immer die Möglichkeit, dass Zach sich irrte. Weshalb hätte Chris Barbie so intensiv trösten sollen? Oder hatte sie sich irgendeine rührselige Story für ihn ausgedacht, weil sie ahnte, wie liebevoll er sie dann behandeln würde? Ich war immer noch nicht völlig überzeugt.
“I’ll **keep my fingers crossed**”, sagte Zach und verschwand genau so schnell, wie er gekommen war.

Als Paul den Kopf durch die Tür steckte, fand er mich auf dem Bett sitzend, wo ich gedankenverloren eine Socke in der Hand knüllte.

to keep one’s fingers crossed
die Daumen drücken

“Komme ich ungelegen? Ich dachte nur, wir waren verabredet.”
“Oh, natürlich waren wir das. Entschuldige, dass es hier so chaotisch aussieht, aber ich bin unterbrochen worden.” So unauffällig wie möglich steckte ich die Socke unter mein Kopfkissen. Paul lachte. Ein sehr herzliches und sympathisches Lachen, bei dem seine Augen blitzten. Seine grünen Augen.
“Du musst mal zu mir kommen, dann zeig ich dir, was Chaos ist.”

“Glaub mir, ich weiß das auch. Was du hier siehst ist aufgeräumtes Chaos.”
“Den Satz muss ich mir für meine Mutter merken. Sie kriegt nämlich mindestens einmal im Monat einen Anfall, wenn sie verrückt genug ist, meine Zimmertür aufzumachen.”
Ich bedeutete Paul, neben mir auf dem Bett Platz zu nehmen. “Schieß los, wie heißt dein ‘Blättchen’ denn nun?”

observer
Beobachter(in)

“Schau hier, ich dachte an ‘School **Observer**’.” Er hielt mir ein provisorisches Deckblatt hin.
“Das klingt doch schon viel besser. Aber warte mal, da fehlt ganz eindeutig was.” Ich angelte mir einen Bleistift vom Schreibtisch und verpasste dem O von ‘Observer’ eine Knollennase und Hände, die ein Fernglas hielten, durch das die blinzelnden Augen des O zu sehen waren.
“Cool! Du hast echt Talent, weißt du das? Dein Hammel-Strip war ja auch nicht übel.” Paul sah mich mit echter Anerkennung an. Das tat wirklich gut, nach all den Pleiten in letzter Zeit.
“Hammel-Strip, weißt du wie das klingt?” Ich lachte und deutete einen Striptease an, ohne mir natürlich etwas auszuziehen. Klar wusste ich, dass er ‘Comic-Strip’ meinte, aber ich hatte sofort einen Cartoon vor Augen, auf dem ein Schaf sich aufreizend den Pelz auszog.
Aber Paul schaffte es mit einer einzigen Frage, die Stimmung wieder auf den Nullpunkt zu bringen.
“Wer war eigentlich der Kerl, der aus dem Haus kam, als ich hineinwollte?”
“Ein amerikanischer Kamera-Assistent. Zach.”
“Und was wollte der hier?”

"Wird das ein Verhör? Ich dachte, wir wollten über die Zeitung sprechen." Ich saß jetzt mit verschränkten Armen weit weg von Paul am anderen Ende des Bettes. "Es ist nur, ich hatte in letzter Zeit den Eindruck, es läuft nicht mehr so mit deinem amerikanischen Freund. Du hast so traurig ausgesehen." Er rutschte ein wenig näher an mich ran. Vielleicht dachte er, ich hätte es nicht bemerkt. Sein mitfühlender Blick bewirkte, dass ich zu reden begann und ihm alles erzählte, was ich sonst höchstens Nina oder dem *ButterflyHeart*-Blog anvertraut hätte.

while Weile
lovelife Liebesleben
safe in Sicherheit

OUCH AGAIN?

A little **while** ago I wrote about making the mistake of telling a boy about my problems. Well, now I've told that same boy even more about my crazy **lovelife**. Nearly everything. I don't know why I trust him, but talking to him felt so right. After all, he didn't tell anyone about me being so angry with B. So I told him what I saw in C.'s dressing room last week, and what Z. said when he came here to apologize. And I said that I had no idea what I was going to do now, and whether I should believe Z. or not. And then he looked at me with his green eyes. He took my hand and stroked my hair, and told me that everything was going to be okay. And I felt **safe**.

Posted by **ButterflyHeart** April 18th 7.06 p.m.
0 Comments

WAS NUN?

Sophie versprühte schon beim Frühstück gute Laune und erzählte jedem, der es nicht hören wollte, dass wir heute unbedingt beim Bunten Abend dabei sein müssten.
"Ich darf gaaaanz oben auf der Pyramide stehen, wie ein Weihnachtsengel auf dem Weihnachtsbaum!"
"Das weiß ich doch. Und ich schaue auch ganz bestimmt zu. Aber jetzt muss ich zur Schule."
Wir hatten in der ersten Stunde Mathe. Ich war auf das Schlimmste gefasst, als sich Herr Werkmeister kopfschüttelnd vor mir aufbaute. Dann grinste er und sagte: "Na bitte, geht doch!"
Immerhin, eine Drei minus! Ich schickte einen dankbaren Blick zu Paul. Er hob den Daumen und zwinkerte mir zu.

Sophie war nachmittags kaum noch zu bändigen, und so war Mam direkt froh, als es Zeit für die Generalprobe war, und sie die Kleine zur Schule brachte. Ich hatte mich mit der Ausrede, ich müsse für einen Test lernen, davor gedrückt. Aber schließlich war es so weit, und ich ging so spät wie möglich in die Aula, um bloß mit niemandem über irgendwas reden zu müssen. Am liebsten wäre ich einfach zu Hause geblieben.
Ich applaudierte höflich bei einigen Darbietungen und etwas heftiger, als Konrad, Olli und Paul einen Sketch

aufführten, bei dem ein chemischer Versuch die Hauptrolle spielte, der mit lautem Getöse fehlschlug. Olli war schon immer ein kleiner Pyromane gewesen; ich war sicher, dass diese Idee auf seinen Mist gewachsen war. Nur gut, dass ein Feuerlöscher bereit stand, aber es geriet dann doch nichts in Brand. Auf dem Programm, das ich am Eingang mitgenommen hatte, waren die 'Cool Cats' als Nächstes angekündigt. Aber vorher ließ Herr Ortmüller dazu noch einige salbungsvolle Worte ab:
"Wir freuen uns ganz besonders, dass der Bunte Abend in diesem Jahr in gewisser Weise eine multikulturelle Veranstaltung ist. Eine amerikanische Gastschülerin bringt uns die Tradition des Cheerleading nahe und hat dafür eine Gruppe unserer Mädchen nach allen Regeln der Kunst ausgebildet. Freuen sie sich nun mit mir auf Deborah Wilcox und *Debbie's Cool Cats*!" Er drehte sich beiseite und applaudierte. Dabei schritt er die Treppe hinunter, um bis zur nächsten Moderation wieder in der ersten Reihe Platz nehmen zu können.
Barbie kam als Erste auf die Bühne. Ihr designtes Zahnpastalächeln blendete sicher auch die Zuschauer in der letzten Reihe noch. Ich hatte mich irgendwo in der Mitte versteckt und sah nur wegen Sophie zu. Ich hatte es ihr versprochen, und außerdem war ich ja stolz auf meine kleine Schwester.
Nach und nach kamen die restlichen Cool Cats zum Text des ersten einstudierten Schlachtrufes auf die Bühne:

"Come on girls, let's have some fun
Cool Cats are the number one!
We don't care about all the rest
We are Cool Cats, we're the best!"

Dabei schlugen Patty und Nina ein Rad nach dem anderen, und die restlichen Katzen hüpften mit ihren Puschels herum, bis sie in Position standen.
Sie hatten wirklich eine Menge einstudiert. Ich gab es ja nicht gerne zu, aber Barbie hatte die Mädels in Bestform gebracht. Eine klasse Darbietung war das. Und als ich

"Gimme an 'S'!"
"S!"

hörte, wusste ich, dass der Höhepunkt bevorstand.

"Gimme a 'C'!"
"C!"
"Gimme an 'H'!"
"H!"
"Gimme an 'O'!"
"O!"

Ich rutschte auf meinem Stuhl nach vorne auf die Kante, um besser sehen zu können. Hätte ich mich doch in eine der vorderen Reihen gesetzt!

"Gimme another 'O'!"
"O!"
"Gimme an 'L'!"
"L!"
"Gimme an 'I'!"
"I!"

Ich Trottel hatte meine Kamera vergessen! Hoffentlich hatte Mam ihre dabei.

"Gimme an 'S'!"
"S!"
"Gimme an 'F'!"
"F!"

Gleich kam Sophies großer Auftritt.

"Gimme a 'U'!"
"U!"
"Gimme an 'N'!"
"N!"

Da stand mein kleiner Weihnachtsengel, das Tüpfelchen auf dem i, ganz in Rot und Gold, und strahlte.

"And that makes?"
"SCHOOL IS FUN! SCHOOL IS FUN! SCHOOL IS FUN! WOOOOOOOOH!"
Alle Cool Cats schüttelten die Pompons, die Zuschauer klatschten und ich winkte Sophie zu, die ihre Pompons erst zaghaft, dann immer stärker schüttelte. Zu stark. Sie schwankte, die Mädchen unter ihr wackelten.
Sophie fiel.
Sie stürzte an den Cool Cats vorbei, auf deren Schultern sie gestanden hatte. Die menschliche Pyramide hatte sich direkt vorne an der Bühnenkante aufgebaut. Und Sophie fiel weiter, mit dem Kopf voran.

Schwierige Entscheidung

Es ist schon seltsam, wie man manche Ereignisse wie in Zeitlupe erlebt, noch dazu ohne Ton. Sophie hatte die Bühnenkante bereits passiert. Noch etwa anderthalb Meter trennten ihren Kopf vom Aufprall auf den Aulaboden, nachdem sie bereits über drei Meter gefallen war.
Ich hatte die Hand vor den Mund geschlagen. Wie sehr würde mir meine kleine Schwester fehlen! Unglaublich, welche Gedanken mir durch den Kopf rasten.
Da sah ich Barbie hinter den Mädchen hervorkommen. Sie hechtete nach vorne zum Bühnenrand, rutschte bäuchlings die Bühne entlang und bekam Sophies Bein zu fassen, bevor diese ihren Sturz vollenden konnte. Barbie zog sie hoch, Nina half ihr, und dann zog das Mädchen, das ich in den letzten Tagen mit den wüstesten Todeswünschen bedacht hatte, meine kleine Schwester an sich und weinte vor Erleichterung. Auch mir liefen die Tränen über die Wangen, aber ich beachtete es nicht, sondern drängelte mich durch die Sitzreihen und rannte die Treppe zur Bühne hinauf. Barbie entließ Sophie aus ihren Armen und trat einen Schritt zurück. Mein Blick sagte stumm "Danke"; zu mehr war ich nicht fähig. Ich drückte Sophie, als wollte ich sie nie weder loslassen.
Von irgendwoher waren Mam und Paps aufgetaucht. Auch sie brachten nicht mehr als "Thank you, you saved her life" heraus, bevor sie Sophie und damit auch mich an sich pressten.

Es dauerte geraume Zeit, bis sich das Publikum so weit beruhigt hatte, dass die Veranstaltung weitergehen konnte. Ich war mit hinter die Bühne gegangen, weil Sophie sich umziehen musste und ich meine kleine Schwester nicht alleine lassen wollte. Nicht jetzt.
Nina und Patty redeten aufgeregt auf mich ein:
"Wenn sie nicht gewesen wäre – nicht auszudenken!"
"Keine von uns hat überhaupt so schnell begriffen, was passiert ist."
"Debbies Reaktion war sagenhaft!"
"Hast du dich schon bei ihr bedankt?"
Ich brummte nur.
"Jetzt schmeiß mal deine Probleme mit ihr über Bord! Denk einfach dran, wie du dich jetzt fühlen würdest, wenn sie nicht gewesen wäre!" Genau das hatte ich nicht gewollt, aber Nina hatte damit die Bilder von der fallenden Sophie in meinem Kopf wieder heraufbeschworen. Ich spürte, wie mir Tränen in die Augen stiegen. Insgesamt war alles, was in den letzten Wochen passiert war, wohl ein bisschen zu viel für meine Nerven.
Als ich mich wieder beruhigt hatte, atmete ich tief durch und ging quer durch den Umkleideraum zu Debbie hinüber, die mit verknautschten Haaren wie ein Häufchen Elend in der Ecke saß. Dabei war sie doch die Heldin der Stunde!
"Debbie, I wanted to thank you. I've no idea what I'd do without my little sister."
"I know", sagte Barbie und sah mich an. Auch sie hatte Tränen in den Augen, wenn ich auch nicht kapierte, weshalb. "She's so cute. You must love her very much."

"Yes, I do."
Sophie war jetzt fertig umgezogen und kam zu uns. Sie knuddelte sich an mich.
"Was hast du ihr grad erzählt?", wollte sie wissen.
"Dass ich dich ganz doll lieb hab."
"Manchmal sagst du, ich bin eine Nervensäge!", sagte sie vorwurfsvoll.
"Klar, das auch."
Barbie sah uns fragend an.
"Sometimes she's a **pain in the neck**", erklärte ich. Und dann lachten wir alle drei.

pain in the neck
Nervensäge

In dieser Nacht träumte ich vollkommen wirres Zeug: Sophie fiel von einem Hochhaus. Kurz vor dem Aufprall kam Barbie angeflogen, mit einem Anzug wie Superman. Sie flog mit ihr weg zu Chris. Chris und Barbie adoptierten Sophie und zogen in eines dieser austauschbaren Häuser einer gesichtslosen amerikanischen Vorstadt. Aus einer Sophie wurden zehn, alle geklont. Chris, Barbie und ihre zehn Sophies posierten glücklich lächelnd auf dem langweiligen Rasen im Vorgarten für ein Familienfoto –
Ich wachte auf. Mein Nachthemd konnte ich auswringen, also zog ich es aus und warf es aus dem Bett. Die Bettdecke ließ ich zurückgeschlagen, bis ich mich halbwegs wieder abgekühlt hatte.
Ich versuchte erst gar nicht, wieder einzuschlafen. Ich musste nachdenken. Um meine Gedanken zu ordnen, fuhr ich den Rechner hoch und bloggte, denn wenn ich in Englisch schrieb, war ich gezwungen, noch genauer über alles nachzudenken.

HELLO – GOODBYE?

I have to think clearly and make a decision. C.'s **film shoot** finishes in a few days. Then he'll go back to the States, and I may never see him again. What do I do? Is it better to try to **put** things **right**, or should I keep on hiding from C.? The more I think about it, the more important it seems to me to **sort out** all the things that stand between us. We can still have a future together. I could go and **study** in the States after I finish school. But can I deal with **playing second fiddle** all the time, with being **left standing** every time somebody (some *girl!*) needs his help? And how long will it be before he starts to have **deeper** feelings for another girl? Or does he already have another girlfriend – B.? Talking of B., I wonder what**'s bothering** her? Why was she crying? Just **feeling homesick**? I suppose it must be hard to be so far from home, especially if you don't want to be. At least, I get the feeling that it wasn't her idea to come.

Lots of questions without a **proper** answer, all going round in circles in my head. What shall I do about C., what shall I do about B.? What, what, what …

Posted by **ButterflyHeart**
April 19th 3.04 p.m. 0 Comments

film shoot Filmaufnahme
to put right wieder gutmachen
to sort out klären
to study studieren
to play second fiddle die zweite Geige spielen
to leave sb standing jdn stehen lassen
deep tief
to bother *hier:* beunruhigen

Mir wurde kalt und ich kroch wieder ins Bett, aber die Gedanken kamen trotzdem nicht gleich zur Ruhe. Ich weiß nicht, wie lange ich noch im Kreis herumgedacht hatte, aber ich musste irgendwann darüber eingeschlafen sein.
Als ich am nächsten Morgen aufwachte, wusste ich, was ich zu tun hatte.

Chris hatte sich am frühen Nachmittag tatsächlich freinehmen können. Jetzt saß er mir im Café Einstein gegenüber und starrte auf seine Kaffeetasse.
"Chris, we have to talk."
"You didn't want to talk to me, remember?" In seiner Stimme war nichts Sanftes mehr. Der Kerl, der mir da so bockig gegenüberhockte, war nicht mehr mein Chris. Er war ein Fremder.
Aber hatte ich mir das mit meiner dämlichen Eifersucht nicht letztlich selbst zuzuschreiben?
"Sure. I didn't want to talk to you because I was hurt."
Er erwiderte nichts, sondern rührte mit dem Löffel in seinem Cappuccino herum, als wäre das gerade das Wichtigste auf der Welt.
"You were hugging Debbie. What would you have thought if you'd been **in my shoes**?"
"That this was a friend, and you were trying to comfort her."
"What the hell happened to her that she needed that kind of **comfort** from you? It was so **intense** – it looked as if you **were lovers**!"

to feel homesick
Heimweh haben

proper
richtig

in my shoes
an meiner Stelle

comfort
Trost

intense
intensiv

to be lovers
ein Paar sein

"You'd better ask *her*. I had to promise not to tell."
"Okay, Chris. You're making it much easier for me than I thought it was going to be." Aber so leicht, war es dann doch nicht für mich, die richtigen Worte zu finden.
"Right from when we met at the airport something's been different. I didn't feel the **tenderness** I felt when I read your e-mails. I didn't feel any butterflies in my **stomach**."
"**Same here**." Nun sah er mich doch an.
Es anzunehmen war eine Sache, aber nun aus seinem Mund zu hören, dass auch er keine richtigen Gefühle mehr für mich hatte, trieb mir dann doch die Tränen in die Augen.
"Don't cry." Chris legte seine Hände auf meine und ich ließ es geschehen, obwohl es die Sache eigentlich schlimmer machte, anstatt mich zu trösten. Wie hatte ich mich in all den Monaten nach seiner Berührung gesehnt! Und er doch auch, dachte ich. Wir hatten uns in meinem Zimmer geküsst und gestreichelt, bevor Paps hereingeplatzt war. Weshalb das, wenn er nichts mehr für mich empfand? Oder ging es um meinen Körper und nicht um mich? Die Vorstellung war beinahe schlimmer als alles andere.
"Chris, do you have a girlfriend in San Francisco?"
"No, I **swear** I haven't. Before I came here, I thought about you night and day. But when I arrived in Berlin, it was different. It feels like I was in love with a dream." Er sah mir in die Augen und versuchte zu retten, was nicht

tenderness
Zärtlichkeit
stomach
Bauch
Same here.
So geht es mir auch.
to swear (swore, sworn)
schwören

mehr zu retten war: "This sounds much more cruel **than it's meant to be**. I really like you very much, Britt. That's the truth. But last summer was last summer, and when I met you again, I realized that everything had changed. And if you're **honest**, your feelings are very similar, aren't they?"

than it's meant to be
als es sein soll
honest
ehrlich

Ich nickte nur. Wie hieß der Fachausdruck nochmal, den Nina verwendet hatte? Projektion. Ich hatte das ganze Jahr über Dinge auf Chris projiziert, die er in der Realität niemals hätte erfüllen können. Man könnte auch sagen, ich hatte mir die Illusion eines perfekten Märchenprinzen erschaffen und beim Wiedersehen war diese Blase geplatzt. Peng.
"Thank you for being so honest. You're right: I feel exactly the same. How could I ever be sure that you weren't seeing another girl in San Francisco? I'd always be jealous, and that's just stupid. I guess I didn't want to face the truth till now, but it's suddenly very clear."
Ich nahm seine Hand. "Let's stay friends, Chris, okay?"
Der Satz, den so viele fürchteten, diese leere Floskel 'Lass uns Freunde bleiben' – ich hatte ihn ausgesprochen. Ich hatte es auch so gemeint, aber wie realistisch war ein solches Versprechen über viele tausend Meilen hinweg? Anfangs würden wir noch hin und wieder Mails schicken, aber irgendwann wäre es vorbei. Vielleicht schaffte er es, eines Tages so berühmt zu werden wie Nicholas Stevenson, und dann würde ich ihn im Fernsehen sehen und sagen: 'Seht mal, mit ihm hatte ich einmal einen wunderschönen Sommer.'

relief Erleichterung
to keep alive am Leben halten
to belong to sb jdm gehören
to shape formen
single *hier:* ledig
to occupy beschäftigen
brain *hier:* Kopf
to be over it drüber hinweg sein

RELIEF

I made the right decision. No sense **keeping** a dead love **alive**. Now the future **belongs to** me, and it's waiting for me to **shape** it. If I meet another boy now, I don't have to stop myself from falling in love. I'm young, free and **single**. Ever since last summer, thinking about C. **has occupied** a big part of my **brain**. Now that I'm **over it** I've got plenty of time to make new plans.

Posted by ***ButterflyHeart*** *April 19th* *5.26 p.m.*
0 Comments

Lange Leitung

“What’s up?” Nina öffnete mit zerzausten Haaren und ein wenig atemlos die Tür.
“Kann ich reinkommen?”
“Ähm .... wenn es dich nicht stört, dass ich nicht alleine bin.”
“Ach, du hast Besuch? Ist Patty da?” Ich stand voll auf dem Schlauch. Wenn dem so gewesen wäre, hätte Nina mich nicht vor der Tür stehen lassen. Eigentlich hatte sie das noch nie getan.
Sie rollte mit den Augen und grinste. “Nein, nicht wirklich Patty.”
“Doch nicht etwa ...?”
“Konrad, genau.” Sie kicherte. “Seit heute ist es amtlich: Wir sind zusammen!”
“Glückwunsch”, sagte ich lustlos. “Dann kannst du ja endlich damit aufhören, so zu tun, als seiest du Werder-Fan.”
“Nein, so ist das nicht, ich find die wirklich cool. Also – inzwischen. Aber was ist nun?”
“Eigentlich wollte ich das nicht zwischen Tür und Angel erklären, aber ich will auch keine Zuhörer. Hast du morgen Zeit?”
“Quatsch, jetzt komm schon rein. Wir setzen uns in die Küche und Kon muss sich eben eine Weile allein beschäftigen.” Sie zog mich ins Haus.
“Deine Eltern nicht da?”
“Nee. Sturmfrei.”
“Dann störe ich wohl so richtig.”

to cut a long story short
um es kurz zu fassen

Nina kicherte wieder. “Die sind ja noch ’ne Weile weg.” Dann rannte sie die Treppe rauf, um Konrad zu informieren, dass er kurz warten solle.

Nach einer Weile kam sie wieder runter und ließ sich neben mir auf die Küchenbank plumpsen.

“To cut a long story short: Mit Chris und mir ist es vorbei.”

“Oh, Brittimaus!” Nina umarmte mich stürmisch und versuchte mich zu trösten.

“Nein, es ist okay. Bei Licht betrachtet, war das sowieso alles Blödsinn. Man kann eine Urlaubsliebe nicht in den Alltag schleppen.”

Nina schüttelte heftig den Kopf. Wieder fiel sie ins Englische, aber dieses Mal störte es mich nicht. “Don’t say that your feelings for Chris were rubbish. They weren’t – they were real.”

“Das schon. Aber ich brauche eine Liebe mit Zukunft. So wie du. Und deshalb geh ich jetzt, damit du dich wieder um Konrad kümmern kannst.”

“And you’re really okay?” Nina runzelte die Stirn, als befürchtete sie, ich könnte mich möglicherweise vor die nächste U-Bahn schmeißen oder sonst irgendeinen Quatsch machen.

“Ja, klar, alles roger. Geh wieder schmusen.” Ich grinste und ging zur Tür. “Ich habe ohnehin noch was zu erledigen.”

“But we’ll talk tomorrow.” Nina hatte definitiv ein schlechtes Gewissen, aber daran konnte ich jetzt auch nichts ändern.

Als ich draußen war, wurde mir klar, dass ich mich nie dafür interessiert hatte, wo Debbie wohnte. Ich musste noch mal nach Hause, um ihre Adresse aus der Klassenliste herauszusuchen. Als ich aus der Haustür stürmen wollte, hätte ich sie allerdings live und in Farbe beinahe umgerannt.

"Bar... Debbie! What are you doing here? I'm **on my way** to *you*!"

"Oh, really? You can go, if you want, but no one will be there." Ein beinahe schüchternes Lächeln umspielte ihre Lippen, und ich merkte, wie wir beide immer noch auf meiner Türschwelle standen.

on my way
unterwegs
to break up
zerstören
relationship
Beziehung

"We'll have to talk here then." Ich trat zurück und ließ sie ein. Ich bot ihr etwas zu trinken an, aber sie lehnte alles ab, und so blieb uns nichts anderes übrig, als die überfällige Konfrontation in Angriff zu nehmen.

Ich öffnete den Mund, um etwas zu sagen, aber sie kam mir zuvor. "I wanted to say goodbye."

"You're going back home?" Ich hatte ja mit allem gerechnet, aber damit nicht.

"Yes. I'm taking the next available flight and leaving Berlin. I'll say goodbye to all of you tomorrow at school, but I wanted to talk to you first. Britt, I want you to know that I honestly don't want to steal your boyfriend."

"There's nothing to steal any more. It's over."

"Oh, God, I'm so sorry! I hope it's not because of me. You must believe me, I never meant to **break up** your **relationship**." Schon wieder jemand, der sich bei mir entschuldigte. So sehr ich das in diesem Fall natürlich begrüßte, so sehr ging es mir trotzdem auf die Nerven.

“Stop it, Debbie. Actually, I should thank you for opening my eyes. Chris and I can be good friends, but I’ve realized that something went completely wrong. I’d always be jealous, because I can’t deal with him wanting to help everyone all the time.” Ich ging zum Kühlschrank und trank einen Schluck Cola direkt aus der Flasche. Debbie wollte ja keine, aber ich konnte auch nicht mehr stillsitzen.

to be meant for each other füreinander bestimmt sein
waste of time Zeitverschwendung
love affair Liebesabenteuer
holiday romance Urlaubsromanze
to maintain aufrecht erhalten
long-distance relationship Fernbeziehung

“Can I help you somehow?” Sie bot mir Hilfe an, obwohl sie selbst gerade sehr hilflos aussah, wie sie dort auf der Bank saß. Nichts war von dem Selbstbewusstsein zu sehen, das sie in der Schule meist zur Schau trug.

“You’ve helped me more than you know. Just imagine if Chris had gone back to the States and we hadn’t talked about our feelings. Maybe one day I would have gone to live with him in San Francisco, only to find out *there* that we’re not **meant for each other**. What a **waste of time** that would have been!” Ich lächelte und sie erwiderte es.

“Maybe it would have been better to keep your San Francisco **love affair** as a **holiday romance**. It’s hard to **maintain** a **long-distance relationship**. Trust me, I know what I’m talking about.” Sie seufzte und sah sehr traurig aus. Ich rutschte zu ihr auf die Küchenbank und legte den Arm um ihre Schultern.

“Debbie, why don’t you tell me right from the beginning what’s making you so sad?”

Sie schaute mir fest in die Augen.
“Promise not to tell.”
“I promise. I swear.” Ich hob sogar die Hand und spreizte drei Finger ab.
“When my parents sent me to Germany, I thought they wanted to get rid of me. My little brother was allowed to stay with them, but I had to go.”
“You’ve got a little brother?”, rief ich überrascht aus. Immerhin hatte sie gesagt, dass sie keine Geschwister hätte. “How old is he?”
“Jason’s five. He’s exactly the same age as Sophie.” Debbie lächelte. Sie bekam langsam menschliche Züge und ich konnte sie nicht mal mehr insgeheim ‘Barbie’ nennen.
“When I came here, I hated them all. I hated my mother for sending me away. I hated my **stepfather**, because I thought it was his idea. I hated Jason for staying at home, and I hated my father for not **stopping** them **from** sending me.” Sie griff sich mit beiden Händen an den Kopf und rieb sich verzweifelt die Stirn. “It was hard enough being that far away from home. But then my best friend Bev told me that Mom was **pregnant** again. Her mom works at my mom’s **gynaecologist’s**.”
“Oh, no. You must have felt really **rejected**.” Nun war mir endgültig klar, weshalb sie am ersten Tag behauptet hatte, sie hätte keine Geschwister. Und weshalb sie Sophie so mochte, wusste ich nun auch.

stepfather Stiefvater
to stop sb (from) doing sth jdn daran hindern, etw zu tun
pregnant schwanger
gynaecologist Frauenarzt, Frauenärztin
rejected zurückgewiesen

"That's an **understatement**. I felt like an **orphan**. I'm staying with mom's sister here in Berlin, but she's no help. She can't stand me or my mom."
"But why did she agree **to take** you **in**?"
"Money, money, money." Debbie machte eine eindeutige Handbewegung.
"And what about Chris?"
"Chris was like a piece of home in a foreign country. I was so happy to meet him, to hear my own language ... And then one day I opened my heart to him. I was **desperate**. He told me I could talk to him **whenever** I needed to."
"The day when ..." Es fiel mir trotz allem noch schwer, diese Szene neutral in meinem Kopf zu sehen, aber ich riss mich zusammen. "The day when I saw you in Chris's arms at the set at the Gedächtniskirche – what had happened?"

understatement Untertreibung
orphan Waisenkind
to take (took, taken) sb in jdn bei sich aufnehmen
desperate verzweifelt
whenever wann auch immer
advantage Vorteil

"My boyfriend left me. He wrote me a short mail and told me it was over. He met another girl, and I wasn't around to fight for him."
"That was why you said that about long-distance relationships?"
Sie nickte.
"It sounds as if you understand your family better now. Why did they really send you here?"
"Mom told me she wanted me to have a better chance of getting a good job than she'd had. I was born before she finished studying. She thought it would be a big **advantage** for me in later life, learning German in Ger-

many. I wish she'd told me that before. Now I've **blown it** completely." Sie zuckte mit den Schultern.
"I could help you with your German. It's not too late!"
"You're so nice." Wenn Debbie wüsste, was ich über sie gedacht hatte, würde sie das sicher nicht sagen. "But I've already **made up my mind**. I'm leaving in a few days. I'm going back home to help Mom with Jason and my baby sister when she's born. I feel so homesick, I just have to go back. I called my mom this morning. She was crying on the phone, and so was I, and she told me I could come back."

to blow it
eine Sache vergeigen
to make up one's mind
sich entscheiden
affordable
erschwinglich

Ich nahm Debbie einfach in den Arm. Es tat mir echt leid, dass ich so ekelhaft zu ihr gewesen war und ihr nie eine Chance gegeben hatte. Ich hatte ihre Unsicherheit für pure Arroganz gehalten und dabei völlig vergessen, wie arrogant ich selbst wirken konnte, wenn ich mich auf unbekanntem Terrain bewegte.
"I think I'd better pack my bags." Debbie stand auf. "The airline promised to call me as soon as they had an **affordable** flight. So I'm not sure exactly when I'm going."
Wir umarmten uns zum Abschied. Sie ging und hinterließ ein Luftloch bei uns in der Küche. Das blieb aber nicht lange leer, denn kurz darauf klingelte es wieder an der Tür. In der Annahme, Debbie hätte etwas vergessen, riss ich sie auf und prallte beinahe mit Paul zusammen.
"Ich dachte schon, unsere Barbie-Blondie geht heute

gar nicht mehr!" Er drängelte sich an mir vorbei ins Haus.
"Nenn sie nicht so. Sie ist nur halb so schrecklich, wie ich dachte. Eigentlich gar nicht, wenn ich ehrlich bin."
"Oh, ein Sinneswandel! Jemand zu Hause bei dir?"
Er sah sich suchend um und lauschte.
"Nein, aber kannst du mir sagen ..."
Er sagte gar nichts, stattdessen saugten sich seine grünen Augen an meinen fest und er küsste mich. Erst ganz vorsichtig, und als er merkte, dass ich den Kuss erwiderte, immer intensiver. Nach gefühlten fünf Stunden ließ er mich los und lächelte mich an. Meine Gedanken fuhren Karussell.
"'I made the right decision. No sense keeping a dead love alive. Now the future belongs to me.' So waren doch deine Worte, oder?"
Es dauerte eine ganze Weile, bis der Groschen fiel.
"*Du* warst das in meinem Blog? *Du* hast die Kommentare geschrieben?" Du liebe Güte, und ich hatte wirklich alles dort ausgebreitet. Er wusste über alles Bescheid, auch über Ninas Gefühle für Konrad. Denn es dürfte ja nicht schwierig gewesen sein, anhand der Anfangsbuchstaben herauszufinden, wen ich gemeint hatte.
Er lächelte noch immer.
"Ich hatte den Zettel gefunden, auf dem du Nina deine Blog-URL aufgeschrieben hast."
"Aber das ist eine Ewigkeit her!"
Das Lächeln wurde zu einem Grinsen.
"Ich war immer bestens informiert. Aber keine Angst, ich fand nichts schlimm an dem, was du geschrieben

hast. Anfangs hatte ich ja nur aus Neugier mitgelesen, aber je mehr ich las, umso eifersüchtiger wurde ich auf C Punkt. Und da merkte ich, dass ich mich wohl in dich verliebt hatte."

"Und was hat dich so sicher gemacht, dass du eine Chance bei mir hättest?"

"Du hast meine Augenfarbe bemerkt. Und geschrieben, dass du dich sicher fühltest, nachdem ich gesagt hatte, dass eines Tages alles gut werden würde."

"Dann halt mich fest und lass mich nie mehr los."

HAPPY ENDING?

P., I know that you read this blog, but now I'm talking to my other readers.

After a very **confusing** spring, I'm obviously a very lucky girl. I've lost one love and found another. C. is past, P. is future.

When P. **confessed** that he loved me, we just stood there in the hall, holding each other and kissing, until my parents came home. Fortunately they didn't say a word – only my little sister **giggled**. P. and I meet every day now – in fact I'm expecting him in about fifteen minutes.

D. (**formerly** B.) is leaving Berlin right now. Her plane leaves at half past two. She said goodbye to our class and to all the 'Cool Cats', **including** my little sister. She hugged my sister very hard. I hope everything will be okay for D. in Chicago. She's

confusing verwirrend
to confess beichten
to giggle kichern
formerly ehemals
including einschließlich

got my e-mail address, but I'm sure she won't write. She has her own life to sort out.
I didn't see C. again. We'd said everything there was to say. He's leaving Berlin with the film crew next week. Bye-bye to my summer love!
N. and K. are really very happy together. On Saturday night the four of us are having a **double date**. We'll all meet up and go out together. It turns out that K. **plucked up the courage** to get closer to N. because P. told him about her feelings after reading about them in this blog! But that was the only thing he ever told anyone about what I'd written. So **in retrospect** it seems that this little blog **encouraged** two people to **bare** their feelings, with the result that four people can live **happily ever after**. ☺
There's nothing more to add.

double date Verabredung zu viert
to pluck up courage sich ein Herz fassen
in retrospect im Nachhinein
to encourage ermutigen
to bare offenbaren
happily ever after glücklich bis ans Ende ihrer Tage

Posted by ***ButterflyHeart*** *April 23rd* *2.20 p.m.*
0 Comments